KB038073

DREAMBOOKS★

DREAMBOOKS★

DREAMBOOKS ★

DREAMBOOKS

다크프린스

흑태자 판타지 장편소설

FANTASYSTORY & ADVENTURE

Dark Prince

3

dream
books
드림북스

다크 프린스 3

초판 1쇄 인쇄 / 2013년 12월 2일
초판 1쇄 발행 / 2013년 12월 6일

지은이 / 흑태자

발행인 / 오영배
책임편집 / 편집부
펴낸 곳 / (주)삼양출판사 · 드림북스

주소 / 서울특별시 강북구 솔샘로67길 92
대표 전화 / 02-980-2112 팩스 / 02-983-0660
편집부 전화 / 02-980-2116 팩스 / 02-983-8201
블로그 / blog.naver.com/dreambookss

등록번호 / 제9-00046호
등록일자 / 1999년 3월 11일

ⓒ 흑태자, 2013

값 8,000원

(주)삼양출판사 · 드림북스의 서면 허락 없이는 어떠한
형태나 수단으로도 이 책의 내용을 이용하지 못합니다.

ISBN 978-89-542-5486-1 (04810) / 978-89-542-5483-0 (세트)

* 지은이와 협의하에 인지는 생략합니다.
* 잘못된 책은 구입한 곳에서 바꾸어 드립니다.

이 도서의 국립중앙도서관 출판시도서목록(CIP)은 서지정보유통지원시스홈페이지(http://
seoji.nl.go.kr)와 국가자료공동목록시스템(http://www.nl.go.kr/kolisnet)에서 이용하실 수
있습니다. (CIP제어번호: 2013025765)

흑태자 판타지 장편소설

FANTASY STORY & ADVENTURE

다크프린스

Dark Prince

3

dream
books
드림북스

디크프린스

Dark Prince

목차

1장. 초거대 골렘을 얻다 **007**

2장. 노움 일족이 합류하다 **031**

3장. 사막의 도시 마테온 **069**

4장. 처단을 결심하다 **097**

5장. 집결! 가디언 **121**

6장. 로젠 백작가의 몰락 **157**

7장. 선왕비의 부탁 **185**

8장. 절망의 감옥, 알카즈 **223**

9장. 어둠 속에서 **245**

10장. 야니카와의 재회 **275**

11장. 각성하다 **297**

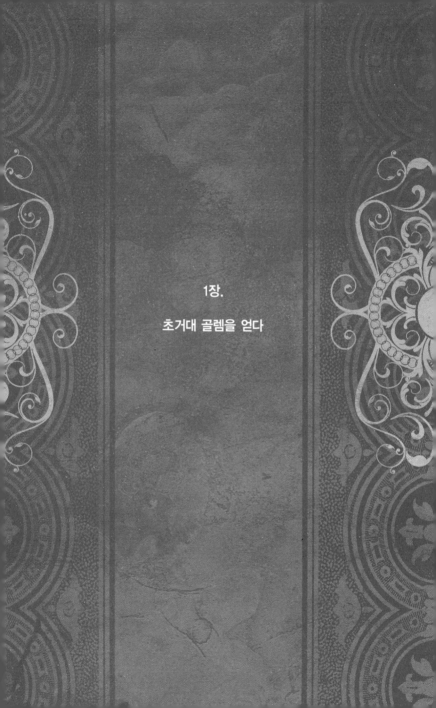

1장.

초거대 골렘을 얻다

1

전쟁은 끝났다.

정확히 말하자면 시작도 채 못하고 싱겁게 끝나 버렸다.

그러나 그 결과는 절대 가볍지 않았다.

"대체 어떻게?"

"도저히 알 수가 없습니다."

윈덤에서의 반란, 귀족 연합군의 진군을 지켜보던 각국
의 수뇌들은 경악했다.

윈덤을 치기 위해 일곱 영지의 영주들이 병력을 집결시
켰던 카시니 평원, 그곳에 있던 팔천의 병력이 한자리에서
모조리 사라졌기 때문이다.

문제는 팔천의 귀족 연합군을 공격한 부대를 전혀 찾을 수 없다는 것이었다.

아니, 심지어 전투의 흔적도 없었다.

팔천 명을 한 장소에서 전멸을 시켰다면 아무리 야습이나 급습이었다 해도 격렬한 싸움의 흔적이 남아 있어야 하는데 그런 것 자체가 아예 없었다.

이긴 쪽의 부대가 전장을 정리했다?

아무리 그래도 그건 무리였다.

설령 정말로 그렇게 했다 하더라도 팔천을 전멸시킨 부대가 이동한 흔적 정도는 남아 있어야 했다.

그런데 그것마저도 없었다.

"혹시 드래곤이라도 나타났던 건가?"

하도 어이가 없다 보니 이런 말까지 나왔다.

하지만 그걸 농담으로 받아들이는 사람이 없다는 게 더욱 아이러니했다.

정말로 드래곤, 혹은 그에 필적할 존재라도 나타나서 팔천 명을 없애 버리고 그 시체마저 다 정리한 뒤에 홀연히 자리를 떠났다는 상황이 아니고서는 이 결과가 설명되지 않았기 때문이다.

결국 이번 사태를 지켜보던 각국의 수뇌들은 원덤에서 반란을 일으키고 성립된 루나 왕국에 비밀스러운 무기가 있을 것이란 결론을 내렸다. 그러나 그 무기가 무엇인지는 끝내 아무도 밝혀내지 못했다.

그래서 무주공산일 거라 여겼던 윈덤에 대해 군침을 삼키던 주변 국가들은 침공을 자제할 수밖에 없었다. 섣불리 달려들었다가 자신들도 귀족 연합군과 같은 꼴을 당할 수 있다고 판단을 내린 까닭이었다.

덕분에 루나는 시간을 벌었다. 바로 재건과 재정비에 필요한 시간이었다.

그리고 한 가지 더.

루나는 팔천 명의 튼실한(?) 일꾼도 덤으로 얻었다.

2

"하나! 둘! 밀어!"

<u>트드드드드!</u>

윈덤 성 외곽 지대에서는 대규모의 개간 작업이 한창이었다. 예전 같으면 엄두도 못 냈을 정도의 인력이 동원된 작업이었다.

저 인력의 정체는 시슬란이 카시니 평원에서 잡아 온 팔천 명의 병력이었다. 그 포로들을 모조리 공짜 인력으로 활용했기에 이번 개간 작업을 시작할 수 있었다.

물론 거기에도 문제가 아주 없는 건 아니었다.

'물자가 너무 부족해.'

난민 캠프에 비축되어 있던 물자도 상당량이 화재로 소실되었고, 왕국의 창고 사정도 넉넉한 편이 아니었다. 거기에 갑자기 건장한 팔천 명의 포로가 더해지자 식량 문제가 현실적인 고민거리로 떠올랐다.

다행히 블랙비어드 선장과 로젠 백작가의 카탈리나가 보내 준 물자가 도움이 되고 있었다. 그 물자를 바탕으로 이번 개간 작업을 마치고 수확기까지 버틴다면 식량 문제는 충분히 해결할 수도 있을 것이다.

'하지만 수확 사정에 따라서 암울한 상황이 계속 이어질 수도 있어.'

무조건 풍작을 보장받을 수 없는 게 농사다. 심지어 흉작이 될 가능성도 얼마든지 있었다.

거기에 대한 대비책을 마련하기 위해 시슬란은 깊은 생각에 잠겼고, 착용하고 있던 팔찌를 무의식중에 만지작거렸다. 초거대 골렘을 퇴치하고 난 뒤에 얻은 두 번째 마나 크리스털이었다.

그때였다.

『날 여기에 가두고도 무사할 줄 아느냐? 이 비겁한 놈!

어서 날 꺼내지 못해!』

갑자기 알 수 없는 목소리가 시슬란의 뇌리에 직접 울렸다.

'뭐지?'

잠시 후, 시슬란은 그 목소리가 어디에서 나오는 것인지 깨달을 수 있었다.

마나 크리스털 팔찌에서였다.

가만히 팔찌를 살펴보니 어렴풋이 초거대 골렘의 기운이 느껴졌다. 그러자 까맣게 잊고 있었던 한 가지 사실이 떠올랐다.

초거대 골렘은 그에 의해 마나홀에 흡수되었다. 다행히 완전히 소멸당하지 않고 마나 크리스털 내부에 여전히 존재하고 있었던 모양이다.

시슬란은 시험 삼아 말을 걸어 보았다.

"그곳에서 나오고 싶은가?"

『당연하지!』

"좋다. 그렇다면 영원히 내 종이 될 것을 맹세하도록."

『뭐, 뭣이?』

잠시 주춤거리던 골렘은 전보다 더욱 우렁찬 호통을 내질렀다.

『거부한다. 감히 일개 인간 따위가!』

"진심인가?"

『당연!』

"……."

시슬란은 더 볼 것도 없이 더는 골렘에게 말을 걸지 않았다. 몇 번인가 골렘이 아우성을 쳤지만 깡그리 무시했다.

그 뒤로 한동안 시슬란은 골렘의 존재 자체를 아예 잊어버렸다. 루나 왕국의 운영 때문에 신경 쓸 일이 엄청나게 많았기 때문이다.

사실 왕위를 맡은 사뮤엘은 시슬란의 존재를 외부에 알리지 않기 위한 가림막의 역할일 뿐, 엄밀히 말하자면 왕의 재목이라 말하기엔 부족한 구석이 많았다. 그나마 사람이 욕심이 없고 정직해 믿을 수 있다는 점이 커다란 장점이었다.

어쨌건 그 탓에 시슬란은 스스로 왕국 운영에 대한 고민을 떠맡게 되었는데, 그동안 자연 팔찌 속의 골렘은 그에게 잊힌 존재가 되어 버렸다.

그러자 급해진 쪽은 골렘이었다.

『이, 이봐, 잠깐만. 대화 좀 하자!』

골렘이 아무리 불러 보았자 시슬란은 아예 들은 척도 하지 않았다.

중간에 딱 한마디 대답했을 뿐이었다.

"그대는 말이 짧군."

『허?』

그걸로 끝이었다.

시슬란은 골렘의 말에 더 이상의 응답을 하지 않았다. 며칠이 지나도 그랬다.

골렘은 당황했다.

하루하루 날이 지나갈수록 영원히 팔찌 안에 갇혀 살아야 하나 싶은 불안감이 조금씩 커져만 갔다.

호통치던 목소리도 차츰 수그러들었다.

태도 또한 조금씩 달라졌다.

『대화, 대화하자! 제발!』

『내 자네에게 소리쳤던 것은 사과하지. 그러니 이야기를 조금 해 보는 것은 어떤가?』

『이보게, 내 말 좀 들어 보게.』

『들리는가?』

『대답이라도 해 주시오!』

『대답하지 않으려는 요량이거든 내 말이라도 들어 주시면 안 되겠소이까? 이곳은 너무 답답하외다.』

『듣고는 있소이까?』

『아…… 대체 내가 어떻게 하면 되겠소?』

『……여보세요?』

나흘이 지났다.

그때쯤 가서야 비로소 골렘은 깨달았다.

시슬란이 듣고자 하는 것은 부탁이나 애원이 아니었다. 처음에 했던 영원히 종이 되라던 제안, 그것에 대한 대답이었다.

골렘은 자신에게 선택의 여지가 없음을 절감했다.

『내, 내가 졌소. 맹세하겠소.』

시슬란은 대답하지 않았다.

『종이 되겠노라 맹세하겠으니 이제는 날 좀 꺼내 주시오.』

"한데, 그대의 말은 여전히 짧군."

골렘은 할 말을 잃어버렸다.

결국, 백기를 들고 말았다.

『여…… 영원한 종이 될 것을 맹세합니다.』

"좋다."

그제야 고개를 끄덕이는 시슬란이었다.

그는 인적이 없는 수도 인근의 숲으로 들어가 그곳에서 마나 크리스털 팔찌를 앞으로 내밀었다.

이유는 모르겠지만 꺼내는 방법이 자연스럽게 떠올랐다.

그는 생각했다.

꺼낸다, 라고.

반응은 곧바로 왔다.

좌아아악!

그림자가 팔찌로 몰린다 싶은 순간, 팔찌의 중앙에 서린 어둠이 일렁였다.

그림자로 이루어진 문자의 열이 공중에 떠올랐다. 놀랍게도 그 문자는 시슬란에게도 익숙한 루나티카의 룬 문자였다.

문자의 행렬이 허공에서 서클을 이루며 고속으로 회전을 시작했다. 막대한 힘의 회오리가 몰아치며 강력한 어둠이 서클의 중앙에서 열렸다.

시슬란은 초거대 골렘의 압도적이었던 덩치를 떠올리며 유사시의 사태에 대비했다.

치치치칙—! 치칙!

어둠의 스파크가 튀며 통로가 열리는 순간!

파핫!

통로에서 검은 형체가 쑥 튀어나왔다.

그런데 그것은 초거대 골렘이 아닌, 키가 겨우 손바닥 한 뼘이나 될까 한 난쟁이었다.

3

의외의 등장에 시슬란의 눈살이 찌푸려졌다.

'이건?'

로젠 백작가의 책에서 본 적이 있다.

흙의 요정, 노움이라고 했던가.

한데, 이 노움이 밖으로 나와서 하는 짓은 정말로 가관이었다.

"크워어어어! 그런다고 정말로 내가 너 따위의 종이 될 거라 생각했냐!"

아장아장.

놈은 나름 열심히 뛰어와 시슬란의 발목을 향해 주먹을 내질렀다. 아마도 아직 자신을 초거대 골렘으로 착각하고 있는 것 같았다.

"으워어어어! 죽어! 죽어!"

폭신. 폭신.

녀석의 주먹이 시슬란의 발목이며 정강이를 연달아 때렸다. 그러기를 잠시, 시슬란의 손이 얼굴 앞으로 다가오고 나서야 녀석은 일이 잘못되었음을 깨달았다.

"……어?"

딱콩!

우아하게 휘었던 시슬란의 중지가 펴지며 녀석에게 딱밤을 먹였다.

"꽤액!"

놈은 돌 맞은 개구리처럼 기절하고 말았다.

그제야 시슬란은 놈을 제대로 관찰할 수 있었다.

노움의 생김새는 특이했다.

얼굴이고 손이고 할 것 없이 전신의 피부가 흙빛이었다. 초롱초롱한 눈이 대단히 크고 토끼 같은 큰 귀가 솟아나 있었다.

반면 코는 없었다.

입은 벌릴 때를 제외하고는 잘 보이지 않았다. 게다가 머리가 크고 몸은 통통한 데 비해 팔다리는 굉장히 짧아 전체적으로 눈사람을 연상시키는 체형이었다.

몇 번인가 녀석을 깨우려 건드려 보았지만 정신을 차릴 기미가 보이지 않았다. 보기보다 엄청나게 허약한 놈이었다.

이런 놈이 그토록 위력적인 초거대 골렘의 정체였다니…… 어처구니가 없었다.

녀석은 이튿날 저녁이 되어서야 간신히 정신을 차렸다.

"으…… 으음?"

녀석이 눈을 휘둥그레 떴다. 자신의 온몸이 노끈으로 결박되어 있음을 깨달았기 때문이다.

시슬란의 차가운 목소리가 들려왔다.

"또다시 소란을 피우면 귀찮아서 묶어 두었다."

"읍! 우읍!"

"……입은 막지 않았는데."

"사, 사람…… 아니, 노움 살려! 지금 날 잡아먹으려는 거야? 엄마, 애 흙 먹어요!"

"……"

"……죄송합니다."

시슬란이 한숨을 내쉬었다.

실망할 수밖에 없었다.

초거대 골렘의 막강한 지원을 받을 것을 기대했는데 어쩌다가 이런 녀석이 튀어나왔는지.

"묻는 대로 답하라."

"네, 넵."

"다시 골렘으로 변신할 수는 없나?"

그래도 여전히 기대감은 남아 있었다.

첫 번째 가디언 베르디스는 마나 크리스털 귀걸이 한쪽을 받음으로써 지금도 그를 위해 활약하는 중이었다.

그렇다면 이 골렘도 가능할 것 같았다.

하지만 돌아온 대답은 기대에 못 미쳤다.

"변신은 가능한데 말입니다요…… 그게…….."

"그게?"

노움이 고개를 푹 숙이고서 다섯 손가락을 펼쳐 보였다.

"하루에 다섯 시간?"

도리도리.

녀석이 고개를 흔들었다.

"설마…… 오 분?"

끄덕끄덕.

녀석의 얼굴이 홍당무가 되었다.

시슬란은 기가 차는 심정이었다.

"이건 거의 무용지물이군."

하루에 딱 오 분만 변신할 수 있다면 그 활용도는 지극히 제한적일 수밖에 없었다. 물론 활용하기에 따라서 효과가 극명하게 나뉘겠지만 어쨌건 실망감이 드는 것은 사실이었다.

그리고 시슬란은 그런 감정을 애써 숨겨 상대를 배려하는 성격이 아니었다.

그가 팔을 내밀었다.

그 팔엔 마나 크리스털 팔찌가 채워져 있었다.

"……무슨 뜻입니까요?"

노움이 물었다.

시슬란은 대답 대신 노움을 한 번 가리키고 자신의 팔찌를 가리켰다.

그 뜻은 분명했다.

그냥 다시 들어가라는 뜻이었다.

'다시 저기 들어가긴 싫어!'

노움의 낯빛이 사색이 되었다.

녀석이 황급히 떠벌렸다.

"다! 다아 말씀드리겠습니다. 우선 저로 말할 것 같으면……."

노움의 이야기가 이어졌다.

                    *   *   *

약 500년쯤 전이다.

그 당시 노움 일족의 젊은이 제피는 자유분방한 성격의 소유자였다. 그래서 항상 자신의 일족에 대해 불만을 품고 있었다.

그는 일족이 땅속에만 숨어 지내는 것을 무척 싫어하였다.

하지만 일족이 땅속에 머무는 것엔 이유가 있었다.

사람들이 아는 것과 달리 노움은 흙의 요정이 아닌 하나의 당당한 지적 생명체였다. 게다가 그들은 인간의 처지에서 보자면 여러 가지 유용한 능력을 지니고 있었다.

땅의 기억을 읽어 잃어버린 물건의 위치를 찾는 재주를 지니고 있는가 하면, 지형을 바꿀 수도 있었다. 또한 땅을 비옥하게 만들어 농사의 수확량을 몇 배로 늘릴 수 있었으며, 반대로 황폐하게 할 수도 있었다.

그것은 인간의 측면에서 보자면 엄청난 무기가 되는 능력이었다.

만일 노움의 협력을 얻어 적국의 농사를 몇 년 연달아 흉작으로 만들어 버린다면? 반대로 자신의 농사는 매년 풍작으로 만든다면?

그게 가능하다면 정말로 대륙을 통일하는 것도 꿈만은 아니게 될 것이다.

그렇듯 노움의 능력들이 무시무시한 가능성을 지녔기에 많은 인간들이 노움을 탐내었다.

하지만 노움은 사사로운 이득을 위해 자연의 섭리를 거스르는 것을 극도로 혐오하였다.

때문에 인간의 눈과 귀가 닿지 않는 땅속에 터전을 마련하였다.

하나, 일족에게 그런 사정이 있다 해도 그걸 이해할 제피

가 아니었다. 결국 그는 젊은 혈기를 이기지 못하고 일족의
보금자리를 벗어나 바깥세상으로 나왔다.

예상처럼 세상은 자유로웠다.

하지만 그만큼 험난했다.

제피는 온갖 고난 끝에 목숨을 잃을 위험에 처했다.

그때 제피를 구해 준 것이 머리 셋 달린 뱀의 표식을 몸
에 달고 다니는 인간들이었다.

그들은 제피를 구한 다음에 매혹적인 목소리로 제안을
해왔다. 지금과 다른, 크고 강대한 육체를 가지고 영생을
누려 보지 않겠느냐고.

그렇지 않아도 자신의 나약함에 환멸을 느끼던 제피였
다.

제피가 고개를 끄덕였다.

인간들이 웃었다.

그들은 제피를 초거대 골렘으로 만들어 주었다.

그리고 영원한 노예로 삼았다.

*   *   *

"처음에는 기뻤습니다요. 하지만 그게 착각이었단 걸 깨
닫는 데에는 많은 시간이 필요하지 않았습죠. 마나홀에 종

속되어 죽지도 못하고, 그렇다고 제대로 사는 것도 아닌 노예가 되어 버렸던 것이니까 말입니다."

제피가 비분강개한 표정을 지었다.

녀석도 베르디스와 마찬가지로 부활의 사도에 대해 깊은 원한을 지니고 있었다.

하지만 시슬란이 주목한 것은 따로 있었다.

바로 노움 일족의 능력이었다.

땅의 요정이라는 이름 그대로 노움 일족은 농사에 절대적인 영향력을 발휘할 수 있었다.

그 점이 시슬란의 관심을 끌었다.

지금 시슬란의 고민이 바로 윈덤 사람들이 굶주리게 될 것이었으니 당연한 이야기였다.

만일 노움 일족의 도움을 받아 농사를 짓게 된다면?

지금껏 그가 고민했던 것들이 일거에 해결될 수도 있었다.

그러나 그의 말을 들은 제피가 손을 내저었다.

"에이, 그런 능력이 세상에 어디 있습니까요? 그거 다 뻥입니다요."

"뻥……이라고? 그게 무슨 뜻이지?"

"아, 소문이 아주 틀린 건 아닌데 실제보다는 허풍이 좀 섞였다는 뜻입죠. 게다가 그거 아무 노움이나 쓰는 거 아닙니다. 일족의 장로님들 여럿이 모여서 죽도록 용을 써야 일 년에 한 번 정도 그런 능력을 쓸 수 있습니다요."

물론 그 정도라도 대단한 능력이었다.

시슬란이 물었다.

"그럼 그대의 일족은 어디에 있지?"

"왜요? 설마…… 우리 능력을 탐내서?"

"당연하지."

"하지만 그건 안 됩니다요. 일족의 규율이 바로……."

"다시 팔찌에 영원히 갇히는 건 괜찮고?"

"……은인에게는 예외를 두는 게 바로 규율입죠. 아마 그럴 겁니다. 그랬으면 좋겠네요, 제발. 어흐흑."

생존 본능에 입각한 처세술!

철저한 자기 합리화!

책임 회피!

열심히 잔머리를 굴리던 제피는 결국 허리를 90도로 숙였다.

"성심껏 모시겠습니다요!"

*   *   *

뜻밖에 노움 일족의 도시는 멀지 않았다.

제피는 걸어서 30일은 족히 걸린다고 말했지만 그건 어디까지나 노움의 기준에서였다.

참고로 제피의 다리 길이는 6센티였다.

그걸로 걸어서 한 달이 걸릴 거리라는 뜻이었다.

시슬란이 걸어서 노움의 도시가 있는 지점까지 도착하는데는 반나절이면 충분했다. 여전히 수도 원덤이 저 멀리에 보이는 지점이었다.

'오래 자리를 비우기도 불안한데 잘됐군.'

귀족 연합군이 시시각각 원덤을 향해 진군하고 있는 시점이라 오래 자리를 비우기란 불가능했다. 시슬란의 입장에선 매우 잘된 일이었다.

"여기로 들어가시면 됩니다요. 근데 이거 제가 계산하기에는 거의 수백 년 전에 있었던 곳이라 아직도 도시가 남아 있을지는 모르겠습니다요."

제피의 말에 따르자면 노움들은 한 장소에 너무 오랜 시간 머물지는 않는다고 했다. 한곳에만 너무 오래 도시를 만들고 있으면 그 장소의 땅의 기운이 떨어지기 때문이었다.

"만일 그들이 이주했다면?"

"혹시나 다른 도시에서 오는 방문자가 있을 것에 대비해 도시의 폐허에 새로운 이주지의 위치를 남기긴 합니다요. 만일 도시가 비었다 해도 그걸 참고하면 될 겁니다요."

제피가 숨겨진 입구를 열었다.

다행히 시슬란의 덩치로도 들어갈 수 있는 크기였다.

둘은 지하로 향했다.

마침내 노움의 숨겨진 도시가 비밀스러운 모습을 드러냈다.

그것은 상상 이상의 모습이었다.

거대한 천연 공동.

그 속에 거꾸로 만들어진 도시였다.

모든 건축물이 지하 공동의 바닥이 아닌 천장에서부터 시작되고 있었다.

마치 동굴 천장에서 자라난 종유석처럼 모든 건물이 아래를 향해 기다랗게 뻗어 있었다. 정말로 긴 것은 오십 미터를 훌쩍 넘기는 길이의 건물도 있었다.

다만 방치된 시간이 정말로 수백 년은 되었는지, 도시가 매우 낡아서 건물들이 세월의 무게를 이기지 못하고 삭아 가고 있었다.

그 모습에 제피가 귀를 축 늘어뜨렸다.

"에구구, 역시…… 다들 떠났나 보군요."

예상은 했지만 모두 떠났다고 생각하자 기분이 축 처졌다. 왠지 자신이 낙오자가 되었고, 모두가 자신을 그냥 버리고 간 듯한 기분이 들었기 때문이다.

어쨌건 제피는 일족이 남겼을 표식을 찾기 위해 움직였다.

그런데…….

"어라, 표식이……."

없었다.

녀석의 얼굴에 처음으로 당혹감이 떠올랐다.

"어떻게 된 거지?"

아무리 찾아도 표식은 없었다.

"이거 뭐지? 왜지? 절대로, 어떤 경우라도 도시를 옮기면 표식을 남겨 두는데……."

당황한 제피가 망연히 중얼거릴 때였다.

"잠깐."

시슬란이 제피를 불렀다.

"이거, 혹시 그대의 일족이 아닌가?"

시슬란이 쭈그려 앉아 바닥의 무언가를 가리켰다.

그곳에는 마치 돌멩이로 조각한 것 같은 작은 석상이 있었는데…….

"아, 아버지?"

그 석상을 본 제피가 놀라서 외쳤다.

석상은 바로 제피의 아버지와 똑같은 모습을 하고 있었다. 아니, 똑같은 정도가 아니라 이건 정말로…….

그때였다.

키에에에엑……!

정체불명의 소름 끼치는 소리가 지하 도시 전체에 울려퍼졌다.

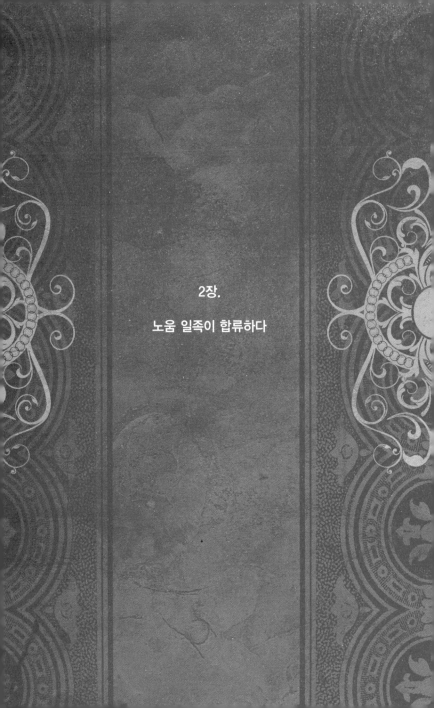

2장.

노움 일족이 합류하다

1

괴성이 들린 것과 시슬란이 앞으로 나선 것은 거의 동시였다.

샤아아……!

그림자가 시슬란과 제피의 모습을 어둠 속에 감추었다.

이내 지하 광장 반대편에서 괴상한 생물이 모습을 드러냈다.

쉬익, 쉬이익.

몸길이는 약 10미터.

거대한 도마뱀의 몸체에는 무려 여덟 개의 다리가 달려 있었고, 목에는 왕관을 닮은 넓은 프릴이 있었다. 꼬리는 세 개나 되었는데, 각각 꼬리 끝에는 이글거리는 화염과 번쩍거리는 뇌전, 새하얀 서리가 맺혀 있었다.

그걸 본 시슬란이 중얼거렸다.

"저런 건 본 적이 없는데."

로젠 백작가의 도서관에는 '몬스터 도감'이라는 책도 있었다. 그러나 그 책에도 저런 마수는 수록되어 있지 않았다.

그사이 괴수는 석상 중의 하나를 향해 기어갔다.

와드득!

그리고 어린아이가 사탕을 부숴 먹듯 석상을 씹어 먹었다.

괴수는 석상 몇 개를 더 집어삼키고는 다시 광장 반대편의 어둠 속으로 어슬렁거리며 사라졌다.

그제야 제피가 덜덜 떨며 엉덩방아를 찧었다.

"세상에! 바, 바실리스크라니……."

"바실리스크?"

"네. 놈은 우리 노움에게는 천적이나 다름없는 존재입니다요. 시선이 마주치는 생물은 돌로 만들어 버리는 능력에다가 이빨에는 맹독이 있습니다요. 게다가 세 갈래 꼬리에는 각각 화염과 벼락, 서리를 부르는 능력이 있습죠. 하지만 더 무서운 점이 있는데…… 놈은 동물이 아니라는 것입니다요."

"동물이 아니라니?"

"말 그대롭니다요. 놈은 외모는 저래도 사실은 식물입니다요. 씨앗에서 싹을 틔우고, 태어나서 꽃도 피우고 열매도 맺습니다요. 그래서 누군가에게 죽지만 않으면 수명이 천년을 훌쩍 넘기도 합니다요. 그리고 세월이 흐를수록…… 그에 비례해서 힘도 강해집니다요."

발아, 그러니까 태어난 직후의 바실리스크는 독 이빨이 조금 따끔한 평범한 도마뱀이다. 그때는 천적을 피해 작은 곤충이나 땅속의 벌레들을 사냥하여 잡아먹는다.

바실리스크가 진짜 무서워지는 시기는 발아한 지 5년이 지날 무렵부터다. 그 시기에 바실리스크의 몸에 첫 변화가 생겨난다. 이마에 달려 있던 꽃이 급격하게 커지며 진한 향기를 내뿜는다.

사실 그건 바실리스크에게도 도박이다.

향기는 천적을 부르기도 한다.

만일 그 시기에 제때 짝을 만나지 못하면 바실리스크는 십중팔구 다른 천적에게 물려 죽는다.

그러나 만약 천적보다 짝을 먼저 만나 꽃가루를 나누면 이야기가 달라진다. 상대의 꽃가루를 받아들인 바실리스크의 몸에 극적인 변화가 시작되는 것이다.

평범한 도마뱀에서 덩치가 급속도로 자라난다.

힘이 세지는 것은 물론이고 석화와 맹독, 화염과 뇌전, 서리의 능력이 한꺼번에 생겨난다.

말 그대로 지렁이에서 용으로 탈바꿈하는 셈이다.

그때부터 바실리스크에게는 적수가 없어진다. 개체 수가 워낙 희귀하고 땅 위로 모습을 드러내지 않아 인간들은 잘 모르지만 다 자란 바실리스크는 그야말로 적수가 없었다. 게다가 나이를 먹을수록 그에 비례해서 강해지니 늙은 바실리스크는 가히 마수의 왕이라 불릴 만했다.

제피가 턱을 부들부들 떨었다.

"그런데 저놈이 여기 있다는 건…… 그리고 아버지나 다른 일족들이 전부 석상이 되어 있다는 건……."

"이주를 못했다는 건가?"

"그럴 겁니다요."

제피는 분한지 눈물을 흘리고 있었다.

부모와 형제, 일족이 모조리 석상이 되어 도시락처럼 바실리스크의 먹이가 되고 있는 광경을 보았으니 그럴 법했다.

시슬란도 안타까움을 느꼈다.

하지만 그가 느끼는 안타까움은 몰락한 노움 일족에 대한 연민이 절반, 그들의 도움을 받지 못하게 되었다는 아쉬움이 절반이었다.

그럼 이대로 물러나야 할까?

그렇게 생각하던 시슬란은 혹시나 하는 느낌에 물었다.

"그런데 혹시 그대의 동족을 다시 되살릴 방법은 있나?"

"예?"

"있나, 없나."

"이, 있긴 있는데 불가능합니다요."

"있는데 불가능하다니, 왜지?"

"석상으로 만든 바실리스크의 피가 필요하기 때문입죠."

제피가 이를 부득부득 갈며 바실리스크를 노려보았다. 할 수만 있다면 당장에라도 놈을 찔러 피를 뽑아내 버릴 것만 같은 눈빛이었다.

하지만 녀석은 그럴 수 없었다.

호기롭게 나서 보았자 또 다른 석상이 될 뿐이리라.

그렇다고 초거대 골렘으로 변신할 수도 없었다.

골렘으로 변신하기엔 지하 도시의 공간이 너무나 좁았다. 변신을 마치기도 전에 도시 전체가 붕괴될 것이고, 일족들의 석상은 모조리 파괴되어 다시는 그들을 되살리지 못할 것이다.

녀석은 누구보다도 그 사실을 잘 알았다.

그렇기에 누구보다도 분했다.

그런데 그때, 시슬란이 불쑥 말했다.

"불가능하다라…… 한번 확인해 볼까?"

그의 기색을 눈치챈 제피가 시슬란의 바짓단을 잡았다.

"서, 설마…… 저걸 잡으시려는 겁니까요?"

끄덕.

시슬란은 곧바로 그림자의 어둠 속에서 밖으로 나섰다.

외부에서 본다면 그림자가 드리운 벽면에서 그가 불쑥 나오는 것처럼 보일 것이다.

실제로도 바실리스크에게 그는 그렇게 보였다.

키에에엑?

깜짝 놀란 바실리스크가 즉각 극도의 경계심을 드러냈다.

노움 일족이 이주하기 전에 바실리스크가 이 도시로 들어왔다면 최소한 놈이 여기에 머무른 지 3, 4백 년은 되었다는 소리. 그렇다면 놈의 나이도 최소한 그 이상이라는 뜻이다.

그렇지 않아도 강력하다고 불리는 바실리스크가 그만큼 나이까지 먹었으니 얼마나 강할지는 아무도 짐작하기가 어려웠다.

'직접 확인하는 수밖에.'

바실리스크의 그림자가 꿈틀거렸다.

샤아아아……!

그림자는 물질과 영혼을 이어 주는 매개체, 일종의 접착제나 아교와 같은 것이다. 유령이나 순수한 정신체인 정령이 그림자가 없는 것이 바로 그 증거였다.

어쨌건 난데없이 자신의 그림자가 움직이자 천하의 바실리스크도 움찔, 놀랄 수밖에 없었다.

시슬란은 그 틈을 놓치지 않았다.

푸확!

그림자가 바실리스크의 등 중앙을 깊숙이 찔러 버렸다.

등뼈가 단숨에 끊어졌다.

원래는 단련된 보검도 들어가지 않을 바실리스크의 비늘이었건만, 시슬란에 의해 움직이는 그림자는 물렁물렁한 젤리를 파고들듯 비늘을 꿰뚫어 버렸다.

찌른 그림자가 바실리스크 자신의 육신과 영혼의 매개체인 까닭이었다.

키에에에!

자신의 방어력을 믿고 있던 바실리스크가 끔찍한 비명을 내지르며 몸을 뒤틀었다.

그 틈에 시슬란이 달려들었다.

단번에 숨통을 끊을 생각이었다.

하지만 상황은 그의 예상과 다르게 흘러갔다.

키에에에……!

놈이 몸을 뒤틀어 그를 정면으로 마주 보았다. 척추가 끊어졌다면 불가능했을 일이었다. 놈은 식물이었다. 동물과 신체 구조가 달랐다. 덕분에 등을 다치고도 자유자재로 움직일 수 있었다.

시슬란과 놈의 눈이 처음으로 마주쳤다.

그런데 놈의 반응이 뜻밖이었다.

크이이익?

바실리스크가 눈을 부릅떴다.

상처를 입어서 화를 내는 반응이 아니었다.

놈은 시슬란을 보자마자 진심으로 화들짝 놀라고 있었다.

크…… 키이이이익!

마치 못 볼 것을 본 것인 양 뒤로 화다닥 물러났다.

거기서 그치지 않았다.

천적을 만난 도마뱀처럼 버둥거리며 조금이라도 시슬란에게서 멀어지려고 애썼다.

'뭐지?'

처음엔 시슬란도 놈의 행동을 이해할 수 없었다.

그런데 문득 떠오르는 것이 있었다.

제피의 설명이었다.

"놈은 외모는 저래도 사실은 식물입니다요. 씨앗에서 싹을 틔우고, 태어나서 꽃도 피우고 열매도 맺습니다요."

'그래서인가?'

바실리스크는 식물이다.

반면 시슬란은 루나리언이다.

루나리언은 철저한 채식주의자다. 고기는 입에 대지 않으며, 각종 야채와 과일을 가리지 않고 주식으로 삼는다.

그 의미인즉, 식물의 처지에서 보자면 루나리언은 세상에 다시없을 포식자, 천적이라는 의미다.

게다가 바실리스크는 식물이면서도 본능에 충실한 마수이기도 했다. 그만큼 천적에 대한 반응도 예민했다.

덕분에 놈은 시슬란을 보자마자 그가 천적이라는 것을 느꼈고, 천적을 피하려는 본능에 따라 공포에 사로잡힌 것이다.

분위기가 그렇게 돌아가자 일은 쉬워졌다.

시슬란은 놈을 천천히 구석으로 몰았다. 그리고 안전한 거리를 유지한 채 그림자로 놈의 몸에 몇 군데 상처를 냈다. 놈의 피가 흘러 바닥을 적셨다.

그제야 놈도 사태를 깨닫고는 필사적으로 저항하기 시작했다.

그러나 이미 승기가 기운 다음이었다.

바실리스크가 그토록 자랑하는 단단한 비늘도 자기 자신의 그림자 앞에서는 무력했다. 입으로 독액을 뱉고, 세 가닥 꼬리로 각각 뇌전, 화염, 서리 폭풍을 연달아 사방으로 뿌렸지만 시슬란은 그 모든 저항을 그림자 하나로 무력화시켰다.

결국 바실리스크는 자기 자신의 그림자에 의해 목이 잘려 버렸다.

케에에에엑……!

바닥에는 놈이 흘린 피가 흥건했다.

시슬란은 그 피를 모았다.

그러다가 바닥에 떨어진 작은 구슬을 발견했다.

그것은 호두 알과 비슷하게 생긴 씨앗이었다.

'설마 바실리스크의 씨앗인가?'

그의 눈이 반짝였다.

바실리스크는 굉장히 위험한 마수였지만 그에게는 아무런 위협이 되지 못했다. 그것은 곧 그가 바실리스크를 길들일 수도 있다는 뜻이었다.

5년만 제대로 키우면 길든 성체 바실리스크 한 마리를

공짜로 얻을 수도 있는 일이었다.

그는 일단 씨앗을 챙겨 두었다.

그리고 노움의 도시를 돌며 모든 석상에 바실리스크의 혈액을 뿌렸다. 그러자 기적 같은 일이 벌어졌다.

쩌저저적!

"으, 으음……!"

오랜 석화가 풀리며 석상이 되었던 노움들이 눈을 떴다.

그들은 정신이 들자마자 황급히 뛰었다.

"바실리스크다! 도망쳐!"

"크으윽! 이리엔, 내 손을 잡아!"

많은 노움이 석화가 되었다가 풀린 자신의 처지를 자각하지 못하였다. 그들은 처음에는 바실리스크를 피해 도망치려다가 무언가 이상함을 깨달았다.

"……어?"

바실리스크는 없었다.

대신 시슬란이 그들을 내려다보고 있었다.

"허, 허억?"

노움들은 상황 파악이 안 되어 엉덩방아를 찧었다. 어떤 이는 시슬란의 모습을 보고 비명을 질렀다. 또 어떤 이는 바실리스크의 죽음을 믿지 못해 여전히 피난을 서두르기도 했다.

고요한 석상들로 가득하던 지하의 오래된 도시가 모처럼 혼란과 활력을 되찾기 시작하였다.

2

놀란 노움들이 평정을 찾은 것은 제피가 모습을 드러내고 나서였다.

제피가 그들에게 그간의 일을 설명했다.

그제야 비로소 노움들은 바실리스크가 시슬란에 의해 쫓겨났으며, 자신들이 살아났다는 사실을 실감했다.

살아남은 노움 일족은 기쁨의 잔치를 벌였다. 그동안 희생된 이웃과 가족들도 많았지만 근본적으로 노움은 낙천적인 종족이었다. 그들은 죽은 이들을 기리면서도 살아남았음에 감사했다.

시슬란을 극진히 모신 것은 물론이었다.

"일족을 구해 주어 뭐라 고마움을 표해야 할지 모르겠소이다."

장로들이 시슬란에게 고개 숙였다.

원래 10명이었던 장로들도 숫자가 3명으로 줄어 있었다.

시슬란을 올려다보는 대장로의 눈빛은 진지했다.

그는 다름 아닌 제피의 아버지였다.

"혹시 우리에게 원하는 것이 있으시오? 어차피 우리는 멸망했어야 할 운명. 하지만 고정된 운명의 추를 되돌려 일족을 죽음의 구렁텅이로부터 부활시켜 주셨으니 그에 합당한 보답을 하고 싶소이다."

"그게 정말인가?"

"그렇소."

어차피 노움 족의 힘을 빌리러 온 입장이다.

그는 자신의 조건을 말했다.

"나는 그대들이 나를 도와주기를 원한다."

이어서 그는 자신을 왕으로 추대한 신생 도시국가의 식량 부족 사정을 설명했다.

대장로의 표정이 신중해졌다.

"그럼 은인은 우리가 은인의 도시를 거들어 주길 바라는 것이오?"

"그렇다."

"우리가 지닌 능력에 관한 이야기, 혹시 요놈에게 들으셨소?"

시슬란이 고개를 끄덕였다.

대장로가 제피를 돌아보았다.

제피가 움찔했다.

노움의 능력을 함부로 외부에 발설하는 것은 일족의 규율을 어기는 일이었다. 나쁜 의도로 접근하는 인간들을 방지하기 위함이었다.

제피는 그런 일족의 규율을 어겼다.

하지만 녀석은 위축되기는커녕 되레 큰소릴 쳤다.

"쪼잔한 꼰대 같으니. 내가 이분을 데려오지 않았으면 바실리스크가 댁들을 막대 사탕 해치우듯 와득와득 씹어 먹었을 거야. 안 그렇수?"

대장로의 지팡이가 움직였다.

딱콩!

"아야!"

"말이야 맞는 말이다만, 일단 한 대는 맞자꾸나."

"왜요!"

"왜긴, 이놈아! 말하는 본새가 마음에 안 들어서 그러지."

"이 꼰대!"

"예끼, 그래도 이놈이?"

대장로가 아들인 제피를 구박하는 동안 나머지 두 장로가 눈빛을 교환했다. 이심전심. 그들은 굳이 말하지 않아도 서로의 의중을 알 수 있었다.

잠시 눈빛으로 대화를 나누던 두 장로가 대장로를 돌아보았다.

그제야 제 피를 때리던 대장로의 지팡이가 멈추었다.

그가 시슬란을 올려다보았다.

"일족의 운명, 은인께 맡겨 보겠소이다."

3

노움 일족은 아예 도시를 떠나 이주하기로 했다.

대장로의 결정에 반대하는 노움은 없었다.

직접 바실리스크의 무서움을 겪은 터였다. 언제 또 다른 놈이 도시로 난입할지 알 수 없는 일이었다.

차라리 시슬란의 요청을 받아들여 윈덤으로 이주하는 것이 안전했다.

윈덤 지하에 대규모의 비밀 도시가 만들어졌다.

물론 윈덤 주민들이 놀라지 않도록 철저히 비밀리에 만들어진 도시였다.

어쨌건 노움 일족은 천생 땅속의 일꾼이었다.

인간이 했으면 수십 일은 족히 걸릴 작업이 단 며칠 만에 끝났다. 땅굴을 파고 지하 구조물을 만드는 데에는 노움 일족을 따를 종족이 아무도 없으리라고. 그들의 작업을 보며 시슬란은 확신했다.

지하에 그들만의 거주지가 완성되자 노움 일족은 본격적으로 시슬란을 돕기 시작했다.

윈덤 백성들의 눈에 띄지 않을 한밤중에 시슬란은 제피와 노움 족 청년들을 개간지로 불러냈다.

"여기에 우리가 도움을 주면 된다는 거지요?"

제피의 물음에 시슬란이 고개를 끄덕였다.

팔천 명의 포로를 동원하여 대규모로 조성한 윈덤 성 외곽의 새 경작지. 이제 갓 자리 잡기 시작한 논밭의 구획이 시원하게 뻗어 있었다.

시슬란이 말했다.

"이제 막 파종을 끝냈지. 수확기에 풍작이 될 수 있도록 해줄 수 있는 건가?"

"물론입죠. 크큭! 우리가 맘만 먹으면 밭 하나 흥하는 것도, 망하는 것도 순식간입니다요."

"그럼 부탁한다."

"옙! 갑시다!"

제피의 구령에 개간지로 동원된 노움 일족 수백 명이 뒤뚱거리며 논밭 곳곳으로 뛰어갔다. 그러곤 그 땅 위를 구르고 침을 뱉고 노래 부르며 한참 난리를 떨었다.

그러자 놀라운 일이 벌어졌다.

땅속에서 수만 마리의 지렁이가 꾸물거리며 흙 위로 모습을 드러냈다. 그러곤 다시 땅속으로 들어갔다.

그뿐이 아니었다.

근방에 있던 숲에서 바람이 불어오는가 싶더니 숲에 자연적으로 쌓여 있던 부엽토가 바람에 실려 와 대량으로 논밭에 뿌려졌다. 어디에도 비할 수 없는 천연의 비료인 셈이었다.

그 밖에도 노움들이 난장판(?)을 벌이는 사이 개간지의 논밭에는 각종 우호적인 일들이 벌어졌다. 가히 노움의 축복이라 부를 수 있는 현상들이었다.

이윽고 모든 일을 마친 노움 청년들이 헉헉거리며 제자리로 모였다.

"일단 오늘은 첫날이라 이 정도만 하겠습니다요. 너무 과하면 오히려 안 좋습니다요."

"그러도록 하지."

이후로도 열흘에 한 번씩, 제피를 필두로 한 노움 청년들이 경작지에 각종 이로운 현상을 불러일으켰다.

그렇게 며칠이 지나자 노움 일족의 진가가 진면모를 드러내기 시작했다.

작물이 쑥쑥 자랐다.

성장 속도가 경이로울 정도로 빠를 뿐만 아니라 자잘한
병충해도 없었다.

얼마 안 가 첫 결과물이 나왔다.

첫 수확 작물인 감자가 대풍작이었다.

게다가 보통 4~50일은 걸려야 수확을 할 수 있는데, 고
작 한 달 만에 수확했는데도 그랬다.

덕분에 루나의 식량 사정이 훨씬 안정되었다.

그리고 첫 수확물 감자가 떨어질 때쯤엔 다음 작물이 수
확되었다. 마찬가지로 대풍작이었다. 시간이 지날수록 그
런 식의 수확이 연이어지며 자연히 식량 걱정이 완전히 사
라졌다.

그사이에 의외의 소득도 있었다.

옛 원덤의 장부와 서류를 정리하던 도중 원덤과 인근에
토지를 지닌 몇몇 귀족들의 비리를 밝혀낸 것이었다.

그들은 시슬란이 루나를 건국하자마자 재빨리 그에게 복
종하고 충성을 맹세했지만 결국 그것이 거짓이었음이 드러
났다. 몰래 백성들의 세금을 빼돌려 제 배를 채우고 있었음
이 적발된 것이다.

결국, 그들은 제 목숨만 보전하려고 충성을 맹세하고 나
라의 세금을 빼돌리는 해충에 불과했다.

그리고 시슬란은 그 같은 자들에게 자비를 베풀 생각이 전혀 없었다.

"귀족은 귀족이기에 귀족인 것이다. 고귀한 혈통과 그에 어울리는 명예로서 나라와 만민에 모범이 되어 나라를 부강하게 만드는 첨병이기에 귀족인 것이다. 그런 의미에서 볼 때 그대들에게는 귀족이라기보다 기생충이라는 이름이 더 어울린다."

"자, 잠시만…… 제 해명을……!"

사지가 결박된 귀족 하나가 필사적으로 외쳤다.

하지만 그를 보는 시슬란의 눈동자는 싸늘했다.

"닥쳐라."

샤아아아아!

묶인 채 단상에 무릎 꿇려 있던 귀족들의 그림자가 춤을 추었다. 죽음의 무도였다.

"끄아아악!"

스스로의 그림자에 짓눌린 비명이 멀리까지 울려 퍼졌다.

그동안 그들에게 수확물을 수탈당하던 농민들이 환호했다. 그들은 자신들의 울분을 대신 풀어 준 시슬란의 이름을 온종일 연호했다.

기생충들을 손수 처형한 시슬란은 그들의 직계 가족은

모두 사형에 처하고, 방계 가족과 식솔들은 모두 노예로 만들었다.

그들은 평생 루나의 건설 노역에 동원되는 형벌을 받게 되었다. 그들 가문이 축적했던 모든 재산이 몰수되어 루나의 국고로 환수되었음은 물론이었다.

시슬란은 그렇게 확보된 자금으로 개간지를 더욱 확장시켰다. 물론 노움 족의 일거리도 더 늘어났는데, 시슬란은 그에 대한 충분한 보상도 해주었다. 윈덤의 지하 공간을 루나 왕국에 종속된 영토가 아닌, 노움 일족의 독립적인 자치령으로 인정해 준 것이다.

한마디로 셋방살이에서 당당한 내 집 마련의 꿈을 이룬 노움 족은 당연히 감격했다.

하루는 그들이 찾아와 이런 제안을 먼저 하기에 이르렀다.

"우리 일족이 기묘한 여러 재주를 지니고 있음은 물론 알고 계시겠지요?"

"그런데?"

"제피 놈에게 들었소. 시슬란 님이 사람들이 모르는 마나홀이란 것을 찾고 계시다고…… 그래서 조금이나마 도움이 되고자 이렇게 찾아왔소이다."

다른 장로가 말했다.

"단도직입적으로 말씀드리자면, 우리 종족은 일 년에 한 번, 종족의 힘을 끌어 모아 땅의 정령에게 한 가지 질문을 할 수가 있습니다. 바로…… 찾고자 하는 사람이나 물건의 위치를 찾을 수 있는 질문이지요."

"그게 정말인가?"

노움 종족이 여러 기묘한 재주를 지니고 있는 것은 알았지만 설마 이런 능력까지 있을 줄은 몰랐던 시슬란이었다.

'대단하군.'

제법 유능하다 싶은 정도로 평가하고 있던 노움 족의 가치가 수직 상승하는 순간이었다.

"그럼 지금 당장도 가능하단 말인가?"

"홀홀. 물론이오."

"그럼 바로 준비해 주시게."

"알겠소."

지하 공간, 노움 족의 도시에서 대규모의 의식이 준비되었다.

4

"대지의 수호자, 흙의 정령이여!"

"흙의 정령이여!"

대장로가 선창하자 수백의 노움 일족이 한목소리가 되어 외쳤다.

서로서로 옆 노움의 손을 맞잡은 그들은 일정한 리듬에 따라 통통한 둔부를 실룩샐룩 좌우로 흔들었다.

그들의 의지와 힘이 한 점, 장로가 마주 보고 있는 나무 뿌리로 모였다.

의식은 점점 절정을 향해 치달았다.

"이곳에서 가장 가까운 마나홀이 있는 위치를 밝혀라아 아악—!"

마지막으로 대장로가 길게 외치며 나무뿌리를 향해 박치기를 시도했다.

빠악—!

"커억⋯⋯!"

대장로는 단번에 기절하고 말았다.

나머지 장로들이 우르르 달려왔다.

하지만 그들은 기절한 대장로에겐 눈길도 주지 않았다. 대신 나무뿌리에 확연히 남은 장로의 이마 자국(?)을 보며 땅이 전해 준 기억을 해독하느라 분주하게 움직였다.

마침내 결과가 나왔다.

장로 중에서 가장 똑똑한 장로가 시슬란 앞에 쪼그려 앉

앗다. 그가 기절한 대장로의 이마를 가리키며 말했다.

"대강 여깁니다."

"……."

그가 가리킨 대장로의 이마에는 나무뿌리와의 박치기 때문에 생긴 혹이 솟아나 있었다.

그 혹의 모양이 솔라리스 대륙과 똑같았다.

그런데 좀 문제가 있었다.

시슬란이 눈살을 찌푸렸다.

"대강 여기?"

"예, 대강 요기쯤."

"그러니까 여기쯤 어디?"

"그건 저도 모르죠. 아하하하."

"……."

장로가 짚어 준 위치는 말 그대로 정말 대강이었다.

솔라리스 대륙 모양으로 생긴 혹의 한 지점을 콕 짚어서 알려 주는 것이 다였기 때문이다.

대강 여기라니.

그러면 그 범위가 수십 킬로미터에서 넓게는 수백 킬로미터가 될 수도 있는 것 아닌가.

하지만 노움 족은 눈치도 없는지 오랜만에 시도해 본 의식에 성공했다는 사실을 서로 자축하고 있었다.

순간 시슬란은 해맑게 웃는 장로들의 목을 졸라 버리고 싶은 충동을 느껴야 했다.

그 사이 기절했던 대장로가 깨어났다.

"원하던 물건의 위치를 아셨음을 축하하오. 홀홀! 그런데 시슬란 님?"

"……?"

"저기, 이런 말씀을 드리긴 미안하지만…… 시슬란 님에게서 전에 없던 불길한 냄새가 느껴지오만?"

"불길한 냄새?"

잠깐 갸웃하던 시슬란은 곧 대장로가 불안해하는 이유를 깨달을 수 있었다.

그가 품속에서 호두처럼 생긴 붉은 씨앗을 꺼냈다.

"혹시 이것 때문인가?"

"히이이익!"

"으아악, 엄마야!"

시슬란이 꺼낸 것은 바실리스크의 씨앗이었다.

그걸 꺼내자 대장로는 물론이고 근처의 모든 노움들이 기겁해서 물러났다. 바실리스크에게 끔찍한 기억이 있기 때문이었다.

그나마 남들보다 빨리 정신을 수습한 대장로가 두려움을 무릅쓰고 시슬란에게 다가왔다.

"저기, 혹시 그거 키우실 생각이오?"

"물론."

바실리스크.

위험한 마수이긴 하지만 채식주의자인 시슬란을 두려워하는 것이 입증되었다. 즉, 시슬란에게는 전혀 위험한 생물이 아니란 뜻.

잘 키우면 활용할 곳이 많을 이런 마수를 그냥 버리기엔 너무 아까웠다.

물론 대장로를 포함한 노움 일족이 시슬란의 뜻을 꺾기엔 무리였다. 그래서 그들이 어떻게 해야 할지 몰라 전전긍긍하던 도중이었다.

쩌저적…… 꿈틀꿈틀…….

시슬란의 손바닥 위에서 씨앗이 스스로 움직이기 시작했다.

"히이익!"

놀란 대장로가 다시 물러섰다.

그사이에도 씨앗은 계속 꿈틀거렸다.

미약한 소리가 속에서 들려온 것도 그때쯤부터였다.

삐익, 삐이이.

불룩불룩.

씨앗 한쪽이 꿈틀거린다 싶은 순간.

"삐이?"

작은 머리가 씨앗 껍질을 깨고 불쑥 튀어나왔다.

사나운 성체와 달리 강아지 같은 둥근 눈망울, 긴 속눈썹에 쌍꺼풀, 그리고 연분홍색 꽃 더듬이를 지닌 아기 도마뱀이었다.

녀석은 몇 번 몸을 뒤치는가 싶더니 완전히 씨앗 밖으로 몸을 빼내었다. 길쭉한 몸통에 여덟 개의 짧은 다리까지, 다 큰 바실리스크의 모습을 그대로 빼닮은 녀석이었다.

단지 다른 것이 있다면 크기가 한 뼘밖에 되지 않는다는 점이었다. 또한, 성체가 지닌 목둘레의 프릴 장식이 아직 없었다.

"으삐, 쁘르르르!"

녀석이 한차례 몸을 흔들어 흙을 털어 냈다.

그러더니 새까맣고 맑은 눈동자로 주변을 둘러보았다.

"아르르릉……!"

노움을 본 녀석이 이빨을 드러내며 입맛을 다셨다. 본능적으로 노움들이 자신의 먹잇감이란 사실을 깨달은 까닭이었다.

한데, 그러던 어느 순간 녀석이 멈칫했다.

자신을 내려다보고 있던 시슬란과 눈이 마주쳤기에.

"……삐?"

녀석은 시슬란을 보는 순간 본능적으로 몸을 움츠렸다. 상대의 정체를 깨달은 것이다.

천적!

잔인하게 풀을 뽑고!

과일을 으적으적 씹으며!

먹을 수 있는 모든 식물을 학살하는 포식자!

그랬다.

식물인 바실리스크에게 채식을 사랑하는 루나리언인 시슬란은 정말로 천적과도 같이 느껴졌다. 특히 이 녀석은 갓 발아한 새싹과도 같았기에 지금 느끼는 공포가 더욱 컸다.

"으듀……."

녀석은 부들부들 떨며 뒷걸음질을 쳤다. 나름 자신을 방어하려고 이빨을 드러내기도 해 보았다.

그때 시슬란이 천천히 손을 내밀었다.

쭈쭈쭈.

마치 강아지를 부르듯 하는 손짓!

결국 어린 바실리스크는 더듬이 꽃을 축 늘어뜨리고서 그의 손으로 다가갈 수밖에 없었다. 마치 도살장으로 끌려가는 듯한 모습이었다.

"허허, 정말로 대단하시오."

그 모습에 대장로가 감탄하고 말았다.

갓 깨어난 새싹이라고는 하나 바실리스크는 바실리스크, 위험성이 확실한 마수였다.

그래서 내심 발아 직후에 어떻게 제압할지를 미리 생각하고 각오하고 있던 대장로였다. 그런데 마치 강아지를 다루듯 바실리스크를 제압해 버리는 시슬란의 모습에 혀를 내두를 수밖에 없었다.

제피가 옆에서 끼어들었다.

"그런데 주인님, 정말로 녀석을 데리고 다니며 키우실 생각입니까요?"

"그래."

"기왕 그러실 거면 이름이 필요하지 않을까요?"

"이름?"

듣고 보니 제피의 말에도 일리가 있었다. 아무래도 이름이 있으면 부르기 편할 테니까.

시슬란은 어린 바실리스크를 손바닥 위에 올려놓고서 이리저리 살폈다. 바실리스크는 더욱 기가 죽어 목을 움츠렸다.

제피는 생각했다.

'꼭 정육점에서 고기 살피는 것 같아.'

그렇게 관찰하길 한참.

"정했다."

"어떤 이름을 떠올리셨습니까요?"

아무래도 시슬란이 직접 고민하고 지은 이름이니 무언가 굉장히 고상한 것이 나오지 않을까 기대하는 제피였다. 아직 시슬란과 오랜 시간 같이 있었던 건 아니지만 그 짧은 사이에도 시슬란이 고아함과 우아함의 결정체 같은 취향을 지녔음을 파악한 덕분이었다.

하지만 시슬란의 대답은…….

"바실이, 바실이가 좋겠군."

"……예?"

듣고 있던 대장로와 노움 족도 속으로 외쳤다.

'이건 뭐 옆집 똥개 이름도 아니고!'

하지만 아무도 그에게 무어라 할 수 없었다. 시슬란의 표정이 더없이 진지했던 것이다. 주인인 시슬란이 그렇게 부르겠다는데 더 뭐라 하겠는가.

이 일로 인해 제피는 전혀 예상치 못했던 시슬란의 또 다른 일면을 엿보게 되었다.

'작명 센스가 꽝이잖아!'

이럴 거면 차라리 자신이 이름을 지어 줄 것을, 그렇게 후회하는 제피였다.

하지만 언제나 그렇듯 깨달음은 후회보다 한발 늦다.

그리하여 새싹으로 태어난 어린 바실리스크의 이름은 바

실이로 정해졌다.

5

어린 바실리스크의 이름을 정한 후, 노움 족의 장로들은 땅의 정령에게서 나온 결과를 조금 더 상세하게 알려 주었다.

그들이 알려 준 지점은 솔라리스 대륙 남부에 자리한 '붉은 사막'의 중심이었다.

시슬란은 지니고 있던 지도를 살폈다.

"붉은 사막이라……. 외곽까지만 표시되어 있군. 그 안쪽은 그냥 백지. 아무도 탐사하지 못했다는 뜻인가?"

가끔 이런 경우가 있었다.

어떤 탐험가도 들어갔다가 돌아오지 못한 경우, 보고된 정보 자체가 없게 되므로 지도에 백지로 표시되는 경우였다.

솔라리스 전체를 통틀어 그런 장소가 몇 군데 있긴 했는데, 하필이면 이번 목적지가 그런 곳이었다.

대장로가 덧붙였다.

"땅의 정령이 알려 준 바에 따르자면 이곳에 알려지지

않은 마을이 있는 것 같았소이다. 그곳에서 제법 많은 사람의 기운을 느꼈다고 하더이다."

"마을이라……."

시슬란은 곧바로 여장을 꾸렸다.

준비라고 해보았자 거창할 것은 없었다. 노움들의 도시에서 몇 가지 채소를 챙긴 뒤 제피와 바실이를 어깨 위에 올리는 것이 여행 준비의 전부였다.

그는 노움 일족의 배웅을 받으며 윈덤을 떠나 남쪽으로 걸음을 옮겼다.

밤이 오면 달그림자가 드리워져 그의 앞길을 비추었다.

태양이 떠오르면 찬란한 남부의 햇살이 세상을 따뜻하게 비추었다.

그리하여 윈덤을 출발하고 보름 후.

마침내 시슬란은 이전과 다른 풍경을 만나게 되었다.

광활한 사막이었다.

"그러니까 주인님은 대체 어디서 오신 분입니까요?"

제피가 그렇게 물은 것은 한낮의 이글거리는 태양 빛을 피하기 위해 임시로 만든 그림자 영역 안에서였다.

사실 제피도 막연히 느끼고는 있었다.

시슬란이 보통 사람들과는 확연히 다른 존재임을.

"글쎄."

시슬란은 즉답을 피했다.

대신 그는 바닥에 앉아 내뻗은 긴 다리의 끝, 자신의 발
등을 한참이나 바라보았다. 그리고 이내 낮은 소리로 무언
가를 흥얼거리기 시작했다. 경쾌하면서도 한편으로는 무언
가 아련한, 그런 곡조였다.

그러기를 한참, 그가 입을 열었다.

"그곳의 하루엔 두 개의 밤이 있어. 첫 번째 밤에는 은
의 여왕 셀레나가 떠오르지. 그녀가 세상을 비추면 모든 대
지의 곡식과 생명이 고개를 숙여. 그러면 은의 여왕은 초록
비를 뿌려 만물을 적시지. 그 축복의 시간이 지나면 두 번
째 밤이 시작돼. 매혹의 푸른 달, 아르테미스가 떠오르는
시간이야. 그녀가 세상을 비출 때는 보랏빛 무지개가 하늘
에 걸려. 그 시간이 오면 만물은 잠에 빠지지. 우리도 마찬
가지였어. 그렇게 안락한 꿈을 꾸고 깨어나면 다시 첫 번째
밤이 우리의 아침을 맞았지. 그 당시에는 잘 몰랐지만 지
금 생각해 보면, 참으로 행복하고 편안한 낙원 같은 곳이었
어."

뭐? 파란 달? 보라색 무지개?

'이 양반이 뭘 잘못 먹었나……?'

순간 제피는 본격적으로 자신의 주인이 정신병이 있는
게 아닌지 고민해야 했다.

시슬란은 앞서의 멜로디를 몇 번 더 흥얼거렸다. 심지어는 박자에 맞추어 발끝을 미미하게 까딱거리기도 했다. 평소 그에게선 좀처럼 볼 수 없는 모습이었다.

그의 얼굴에 조금은 쓸쓸한 미소가 피었다.

"생각할수록 무척 돌아가고 싶어."

시슬란의 말은 거기까지였다.

그는 더 이상 같은 주제로 말을 꺼내지 않았다.

그 분위기 때문에 제피도 더 이상 그의 고향에 대해 물을 수가 없었다. 옆에선 전갈을 잡아 와서 데리고 노는 바실이의 떠드는 소리만이 요란했다.

시슬란은 발길을 늦추지 않았다.

낮에는 쉬고 밤에는 그림자에 몸을 실어 달렸다.

그렇게 다시 스무 날이 지났다.

휴대한 식량과 식수마저도 거의 동이 날 무렵, 그래서 사막에서 길을 잃은 것은 아닐까 싶은 생각이 들기 시작했을 무렵이었다.

마침내 시슬란은 열사의 사막 한가운데에서 오아시스를 발견했다. 오아시스를 끼고 있는 작은 도시도 함께 보였다.

'대장로의 말이 사실이었군.'

아니, 마을이 있을 거라던 대장로의 예상보다도 저곳은

더욱 컸다. 마을이라기보다는 작은 도시라고 부르는 것이 적당할 정도로.

시슬란은 도시 외곽과 사막 지대를 구분하는 경계석이 줄지어 있는 지대를 지났다. 한눈에 보기에도 기이하게 생긴 열두 개의 바위였다.

그곳에 세워진 표석에는 마테온, 이라는 이름이 쓰여 있었다. 아마도 그게 이 도시의 이름인 것 같았다.

"마테온이라. 세상에, 이런 곳에도 도시가 있었군요. 여긴 어떤 곳일까요?"

외따로 있는 이 도시는 어쩐지 신비롭게 보였다. 특히 저 멀리 보이는 도시 반대편의 오아시스와 그 곁에 서 있는 탑과 같은 높다란 건축물이 그런 분위기를 더욱 자극했다.

그러나 시슬란은 그런 도시의 신비로운 외관에 마음을 빼앗기지 않았다.

여긴 마나홀이 있는 도시다.

망각의 섬과 원덤에서 극한의 위기를 겪었던 경험이 새삼 떠올랐다. 이곳이라고 다를 것 같지 않았다.

"……."

그는 도시에 흐르는 마나의 흐름을 관찰했다.

그런데 이상했다.

마나홀 특유의 기운이 도시 어디에서도 감지되지 않았

다.

'마나의 흐름을 차단했나?'

시슬란의 표정이 굳었다.

일정 수준의 마법사들이 충분히 모이고, 자금을 들여 마법진을 구축한다면 마나의 흐름을 감추는 일도 얼마든지 가능했다.

'어쩌면 이번이 그런 경우일지도. 까다롭게 됐군.'

결코 좁지 않은 도시에 숨겨진 마나홀을 찾아야 한다니, 쉬운 일만은 아니리라.

그렇게 생각하며 시슬란은 도시로 걸음을 옮겼다.

기대감을 잔뜩 품은 제피가 시슬란의 어깨 위에 서서 연신 사방을 둘러보았다. 바실이 또한 그런 제피에게 바짝 붙어 꽃 더듬이를 살랑거렸다.

마침내 시슬란이 도시 외곽의 대로에 들어섰다.

거리의 풍경이 눈에 들어왔다.

그런데 그곳은 애초의 기대와는 전혀 다른 모습이었다.

"헉……?"

거리를 본 제피의 얼굴이 그야말로 흙빛으로 물들었다.

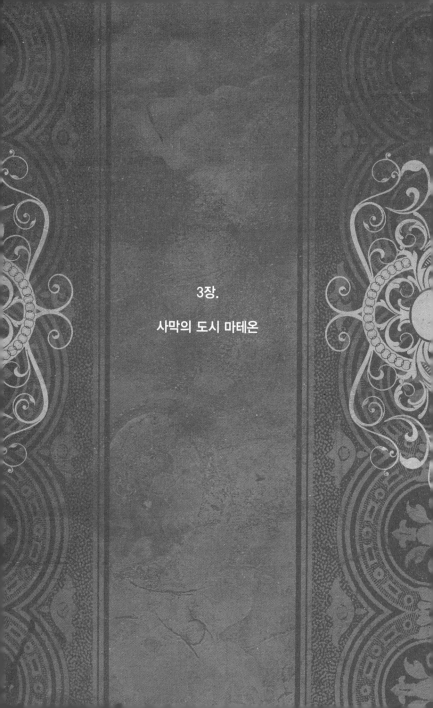

3장.

사막의 도시 마테온

1

붉은 석양 아래.

그보다 더욱 붉은 액체가 바닥의 포석을 따라 흐르고 있었다.

피였다.

눈길을 돌린다.

피가 흐르는 길을 거슬러 시선을 움직인다.

자그마한 피 웅덩이가 보인다.

똑똑, 작은 동심원이 계속해서 웅덩이에 새겨진다.

방울져 떨어지는 핏방울을 따라 시선을 위로 올린다.

밧줄에 묶여 대롱대롱 매달려 있는 붉은 고깃덩이가 보

인다. 선혈은 거기에서 떨어져 흐르고 있었다.

하지만 문제는 그 고기가 아직도 살아 있는 사람이라는 점, 그리고 그가 신음하고 있음에도 채찍질이 멈추지 않고 있다는 점이었다.

"우읍!"

"으듀!"

제피가 입을 가리며 허리를 숙였다.

바실이도 작은 앞발로 제 눈을 가렸다.

하지만 채찍은 여전히 멈추지 않고 묶인 남자의 등을 후려치고 있었다.

촤악! 촤아악!

놀랍게도 채찍을 후리고 있는 건 사람이 아니었다.

생물도 아니었다.

바로 암석으로 만들어진 사람 모양의 인형, 골렘이었다.

사암으로 만들어진 듯, 근처 사막의 모래와 똑같은 색깔을 지닌 골렘이 기계적으로 움직였다.

골렘이 한 번 움직일 때마다 채찍이 남자의 등판을 후렸다. 남자가 고통에 경련했고, 피가 사방으로 튀었다.

게다가 골렘은 하나가 아니었다.

똑같은 모양의 골렘 수십 마리가 근처를 에워싸고 있었다. 놈들은 묵묵히, 그저 석상처럼 채찍질하는 골렘과 맞는 남자를 쳐다보고 있을 뿐이었다.

그리고 둥글게 둘러선 골렘들의 바깥에 도시의 사람들이 있었다.

넝마.

누더기.

그것이 도시의 사람들이 걸친 전부였다.

그리고 하나같이 절망 어린 시선으로 채찍질당하는 남자를 쳐다보고 있었다.

그때였다.

누더기 차림에 만삭인 어떤 젊은 여자가 앞으로 나서더니 골렘들의 틈을 비집고 달려가 채찍질하던 골렘의 다리에 매달렸다.

"제, 제발 멈춰 주세요!"

우뚝.

처음으로 골렘의 채찍질이 멈추었다.

여인의 얼굴에 희미한 희망의 빛이 떠올랐다.

그녀가 다급히 외쳤다.

"저, 저기에 걸려 있는 사람이 바로 제 남편입니다. 부탁드립니다. 제 배 속에는 지금 그이의 아이가 자라고 있습니다. 그러니 부디 자비를 베푸시어 제 남편을 돌려주십시오. 어떤 대가라도 치르겠습니다."

놀랍게도 골렘이 반문했다.

『대가?』

"네."

『어떤 대가?』

"그, 그건…… 어떤 것이라도."

『그러니까 어떤 거?』

"……."

골렘은 그저 말없이 여인의 얼굴만 빤히 내려다보았다.

그저 내려다볼 뿐이었다.

여인은 당황했다.

"저, 저기, 제가 할 수 있는 거라면 무엇이든지…… 꺄악!"

쫘악!

섬광처럼 움직인 채찍이 만삭의 여인을 후려쳤다.

여자가, 그것도 아이를 가진 여자가 맞았음에도 누구 하나 나서지 못했다.

여인이 필사적으로 빌었다.

"제, 제발 자비를……."

그러나 골렘은 여인의 머리채를 꽉 틀어쥐고는 그녀를 질질 끌고 걸었다. 그리고 앞서 여인의 남편이 당했듯이 그녀를 형틀에 매달아 묶어 버렸다.

놈이 군중을 돌아보며 말했다.

『다들 들었겠지? 이 계집은 방금 자신이 마르칸 님의 지배에 반란을 꾀한 무리와 가족이라는 사실을 스스로 자백했다. 그러니 당연히 이 계집도 처벌을 받아야겠지?』

그 의도는 너무나 명확했다.

남편과 똑같은 형벌을 받게 하려는 것이었다.

*　　　*　　　*

시슬란과 제피는 멀리서부터 걸어오며 그 모든 과정을 다 보았다.

"여, 여긴 대체 어떻게 된 곳입니까?"

"모르겠군. 하지만 확실한 것은…… 여기가 정상이 아닌 것 같다는 거지."

광장, 그리고 모래 골렘 무리를 향한 시슬란의 시선은 얼음 조각이 묻어 나올 만큼 싸늘했다.

골렘은 독자적으로 움직이지 않는다.

가디언인 제피처럼 특수한 경우가 아닌 이상 골렘을 만든 제작자나 마법사에게 종속당해 명령을 받고 움직이는 게 바로 골렘이었다.

이곳의 골렘에게 명령을 내리고 있을 어떤 사람.

외부에는 알려지지 않은 이 사막 한가운데의 도시 마테온에 무슨 사정이 있는 것인지는 모르겠지만 힘없는 아녀자를 학대하는 모습으로 보아 이곳의 지배자는 결코 훌륭한 인물은 아니리라.

그렇게 생각하며 막 광장에 도착한 시슬란이 앞으로 나서려는 순간이었다.

휘릭, 퍼석!

어디선가 날아온 돌멩이가 채찍을 든 골렘의 뒤통수를 맞히었다.

『크……! 누구냐?』

골렘이 돌멩이가 날아온 곳을 돌아보았다.

그러자 놈의 시선에 대답이라도 하듯 한 빼빼 마른 남자아이가 군중 속에서 뛰쳐나왔다.

"나다! 내가 그랬다, 이 더러운 놈들아!"

이제 겨우 열서너 살이나 되었을까 싶은 소년이었다.

하지만 소년의 용기는 만용에 불과했다.

소년은 골렘들에게 금방 잡히고 말았다.

골렘들의 몸놀림이 예상보다 훨씬 민첩했던 까닭이었다.

"아, 아악! 이놈들잇……! 으아악……! 사람 살……."

소년이 반항했지만 골렘의 완력을 이길 수는 없었다.

골렘들은 잡은 소년을 무참히 짓밟기 시작했다. 소년의

팔다리가 금방 부러지고 머리가 깨져 피가 났다.

『멍청한 것들. 위대하신 마르칸 님에게 대드는 놈들의 끝은 이런 것이다. 모두들 똑똑히 보도록.』

스르르륵.

치켜든 골렘의 한쪽 손이 뾰족하게 변했다.

날카로운 송곳이 소년의 가슴을 겨냥했다. 그리고 그대로 떨어져 내렸다.

사람들이 눈을 질끈 감으며 고개를 돌렸다.

뚜둑!

뒤이어 고통 어린 비명이 터졌다.

『아아아악!』

그런데 비명 소리가 이상했다.

그건 소년의 앳된 음성이 아니라 골렘의 음성이었다.

순간 사람들은 눈을 휘둥그레 뜰 수밖에 없었다.

『크어어억!』

골렘이 버둥거리고 있었다. 게다가 놈의 한쪽 팔이 뚝 부러져 있었다. 어처구니가 없게도, 놈의 팔을 부러뜨린 사람은 전혀 힘을 쓸 것 같지 않은 곱상하게 생긴 청년이었다.

"왜 이 아이를 죽이려 하지?"

시슬란이 골렘을 향해 물었다.

그가 보기에 이 골렘은 조금 특별했다.

그저 명령에 따라 움직이는 다른 골렘과 달리 말을 할 줄 안다는 것도 그랬다.

『크……으윽!』

"돌멩이를 던진 것이 죽을 만한 죄였던가? 말하라. 그대가 말한 이곳의 지배자, 마르칸은 누구지?"

『그, 그건…….』

뻐어억, 퍼석!

골렘이 뭔가를 말하려는 순간이었다.

갑자기 놈의 얼굴을 꿰뚫고 다른 골렘의 주먹이 튀어나와 시슬란을 노렸다.

"……!"

재빨리 물러선 덕분에 얼굴을 붙잡히지는 않았다.

그제야 시슬란은 상황을 깨달았다.

다른 골렘들이 말할 줄 아는 골렘을 부숴 버린 것이었다.

'비밀을 지키겠다는 건가?'

20마리의 골렘이 그를 겹겹이 둘러싼 것은 순식간이었다.

시슬란의 입가가 꿈틀거렸다.

'재미있군.'

부우우웅!

커다란 주먹이 공기를 갈랐다.

황소라도 일격에 때려눕힐 골렘의 일격!

그러나 시슬란의 기준에선 한없이 느릿한 움직임일 뿐이었다.

콰직!

엄청난 충격을 받은 골렘이 허공에서 두 바퀴 회전한 뒤에 나동그라져 박살 났다.

그 뒤는 더 볼 것도 없었다.

나머지 골렘이 달려들었다.

하지만 그들이 시슬란을 어찌할 수는 없는 노릇이었다. 그들이 감당하기에 시슬란의 능력은 너무나 압도적이었다.

시슬란은 그림자조차 일으키지 않고 순수한 육신의 힘으로만 20마리 골렘을 모조리 부숴 버렸다.

안주머니에서 제피가 환호했다.

"크하! 바로 이겁니다요. 이 나쁜 것들!"

그러면서 거리에 늘어선 비루한 차림새의 사람들을 돌아보았다.

제피는 기대했다. 자신들을 괴롭히던 골렘을 박살 내줬으니 사람들이 환호하며 감사해할 것이라고.

하지만 사람들의 반응은 기대와 달랐다.

"모래 병정들이 당했어……."

"저 사람, 이방인인가?"

"아무것도 모르고 저지른 것 같은데……."

사람들은 슬금슬금 눈치를 살피고 있었다.

그러다가 급기야 한두 사람이 뒷걸음질로 자리를 벗어나기 시작했다.

"여기 계속 있다간 불똥이 튈 거야."

"곧 성난 마르칸의 모래 병정 경비대가 닥칠 거라고."

그때부터였다.

지금껏 벌어진 일들을 멍하니 구경하던 길가의 사람들이 너도나도 할 것 없이 도망치기 시작했다. 많은 사람이 한꺼번에 이리저리 뛰다 보니 자연 소란이 일어났다.

그런 소란은 저 멀리에서 묵직한 발걸음 소리가 들려오자 더욱 혼잡해졌다.

"마르칸의 병정들이 온다!"

"피해!"

거리는 순식간에 한산해졌다.

시슬란은 우선 형틀에 묶여 있던 임산부 부부를 풀어 주었다. 다행히 둘 다 목숨에 지장이 있는 상처는 아니었다. 그가 장미의 맹약으로 힐링 마법을 걸어 주자 금방 정신을 차렸다.

"고맙습니다. 정말로 고맙습니다……."

그들은 고마움을 표하면서도 두려움에 떨며 골목으로 도

망갔다.

그러자 거리에는 시슬란만 남게 되었다.

아니, 그러고 보면 한 사람이 더 있었다.

아까 골렘들에게 반항하다가 모질게 당한 소년이었다.

"이런······."

소년의 상태는 의외로 심각했다. 아니, 정확히 말하자면 죽어 가고 있었다. 이대로 내버려 둔다면 필시 오늘 밤을 넘기지 못할 것 같았다.

그사이에도 여기를 향한 둔중한 발걸음은 빠른 속도로 가까이 다가오고 있었다.

쿵쾅! 쿵쾅! 투두두!

발소리의 무거움으로 보아 골렘이 확실했다.

그것도 한둘이 아닌, 적어도 백 마리는 되어 보였다.

'저들과 실랑이를 벌일 수는 없지.'

그러는 사이에도 소년은 죽어 가리라.

그렇게 판단한 시슬란은 소년을 안아 들고 거리 구석의 그림자 속으로 녹아들었다.

샤아아아······.

마침 거리엔 황혼의 기다란 그림자가 내리고 있었고, 시슬란은 그 속에 몸을 숨긴 채 유유히 자리를 옮겼다.

한발 늦게 도착해 자신을 찾느라 분주한 골렘들을 비웃

으며.

2

소년을 안은 시슬란은 밤의 어둠 속에 녹아들었다. 덕분에 도시 이곳저곳을 헤집듯 뒤지는 골렘 경비대의 눈길은 그에게 아무런 장애가 되지 못하였다.

그는 쉴 곳을 찾고 있었다.

소년을 치료할 수 있는 장소.

그러나 이 도시엔 여관도, 정상적인 집도 없었다.

길가의 모든 건물에는 골렘 병정들이 묵묵히 서 있었다. 놈들을 보관하는 창고인 모양이었다.

반면 넝마를 입은 사람들은 커다란 건물 몇 채에 집단으로 수용되어 있었다.

노예보다도 못한 대우.

거의 가축이 사육을 당한다는 말이 어울릴 듯한 모습이었다.

'역시 이상한 도시야.'

지도에도 알려지지 않은 곳.

가축처럼 사육되는 사람들.

그들을 지배하는 모래 골렘, 그리고 마르칸이라는 자.

마나홀을 찾기 위해서라도 한번 샅샅이 조사해 볼 필요가 있을 듯했다.

하지만 일단 그것은 나중의 문제.

지금 품속에는 서서히 죽어 가는 소년이 안겨 있었다.

도시 안에서 마땅한 쉴 곳을 찾지 못한 시슬란은 도시 외곽으로 향했다.

그가 선택한 곳은 도시 외곽의 오아시스 근처였다.

적당한 장소에 임시 거처를 만든 시슬란은 치료를 시작했다.

원덤에서 사용법을 익힌 힐링 마법.

츠츠츠츠……

소년의 부러진 팔다리뼈가 붙고 흐르던 피가 멈추었다.

그런데 어느 순간부터 치료 마법을 걸어도 소년의 상태가 나아지지 않았다.

시슬란이 혀를 찼다.

이 현상은 그도 익히 알고 있는 현상이었다.

"체력이 고갈됐군."

예전, 그러니까 원덤 성에서 처음 치료 마법을 익혔을 때도 이랬다.

당시 시슬란은 빈민가의 주민들에게 치료 마법을 베풀었

는데, 먹지 못해 빈사지경에 빠진 사람에게는 아무리 치료 마법을 퍼부어도 아무런 효과가 없었다.

이유는 간단했다.

환자의 체력이 고갈되었기 때문이다.

치료 마법은 일견 유용해 보이지만 만능이 아니었다. 분명히 대가가 있었다. 바로 환자의 체력이었다.

환자 본인의 체력을 소모하여 신체의 자가 회복력을 극대화하는 것, 그것이 바로 치료 마법의 본질이었다. 그렇기에 환자의 체력이 고갈된다면 어떤 치료 마법도 효과를 보기가 어려웠다.

지금 소년이 딱 그 상태였다.

"그럼 어, 어떻게 되는 겁니까요?"

옆에서 초조하게 지켜보던 제피가 물었다.

시슬란이 고개를 흔들었다.

"큰일이군. 이 소년은 대체 얼마 동안 굶어 온 거지? 체력이 너무 떨어져 있어. 매질을 당하지 않았더라도 조만간 굶어 죽었을지도 모를 정도로."

"그런……"

시슬란은 코트 안쪽의 그림자 공간을 열어 남은 식량을 확인했다. 하지만 그에게도 남은 식량이 없었다. 사막을 건너오며 모두 소진한 탓이었다.

소년에게 먹일 것이 아무것도 없다는 사실이 시슬란의 표정을 어둡게 했다.

한때는 루나티카의 황태자였던 자신이, 지금은 단지 먹일 것이 없어 눈앞의 소년을 살리지 못하게 된 상황이 믿어지지가 않았다.

"⋯⋯."

그는 잠시 말없이 있었다.

그러곤 무언가를 결심한 듯 자리에서 일어섰다.

"어딜 가십니까요?"

"잠깐⋯⋯ 지키고 있어라."

그는 평상시와 달리 약간은 얼버무리는 말만 남기곤 바깥으로 나가 버렸다.

결국, 은신처 안에는 제피와 소년만 남았다.

아니, 하나 더 있었다.

"으듀?"

지금껏 보이지 않던 바실이가 입에 전갈 한 마리를 물고 와서 눈을 동그랗게 뜨고 있었다.

제피의 눈도 휘둥그레졌다.

"어? 전갈? 야, 너 그거 어디서 났어?"

마침 소년에게 먹일 것이 급하던 참이었다.

전갈이 딱히 맛이 있을 것 같지는 않지만 어쨌건 고기였다. 이걸 굽거나 해서 소년에게 먹인다면 딱 안성맞춤일 것 같았다…….

꿀꺽.

바실이는 전갈을 한입에 꼴딱 삼킴으로써 제피의 희망을 산산조각 박살 내버렸다.

"야, 뱉어! 이 자식아, 뱉으라고."

"아듀듀듀!"

제피가 바실이를 붙잡고 옥신각신했지만 한번 삼킨 것을 다시 뱉을 바실이가 아니었다.

결국, 둘은 헉헉거리며 서로를 노려보는 것으로 치열한 결투에 마침표를 찍었다.

제피가 원망스레 말했다.

"야, 이 멍충아! 지금 그 전갈을 먹으면 어떻게 해? 너 지금 당장 굶어 죽을 처지냐? 아니지? 근데 이 아이는 그렇단 말이다. 그거 하나 양보한다고 네가 죽냐, 죽어? 엉?"

"으듀…….."

말귀를 알아들은 바실이는 그제야 사정을 깨닫고는 풀이 죽어 분홍빛 꽃 더듬이를 축 늘어뜨렸다.

그 모습이 마치 꼭 한 마리 도마뱀을 보는 것만 같았다.

제피가 멈칫했다.

'음? 잠깐, 도마……뱀?'

잠깐의 깨달음.

제피가 바실이의 꼬리에 주목했다.

"야, 너…… 있잖아, 너도 도마뱀이랑 비슷하지? 일단 생긴 건 그렇잖아. 맞지?"

"듀?"

"그러니까, 네 꼬리 말이야. 그거 떨어져도 다시 자라는 거 맞지?"

"으듀?"

바실이가 화들짝 놀라 꼬리를 감추었다.

하지만 제피의 추궁은 집요했다.

"야, 방금 네가 전갈만 안 먹었어도 내가 이러진 않는다. 응? 목숨 하나 살리는 셈치고 한번 수고해라. 그래 봤자 꼬리는 다시 나는 거 아니냐. 근데 이 불쌍한 아이는 이제 죽으면 다시는 못 살아나요. 아, 진짜 그거, 네가 전갈만 꿀꺽 안 했어도……."

"듀듀!"

바실이가 고개를 흔들어 완강히 거부했지만 제피는 집요했다.

철저하게 양심을 자극하는 집요한 공격!

결국, 결국 바실이는 고개를 끄덕일 수밖에 없었다.

"으듀……."

"잘 생각했다. 응? 역시 넌 내가 본 놈 중에 제일 멋진 놈이다. 자, 그럼 스스로 해보자."

"듀!"

바실이는 칭찬 한 번에 우쭐해져서 힘을 내었다.

녀석이 눈을 질끈 감고는 인상을 쓰며 궁둥이에 힘을 주기 시작했다.

"으듀듀……!"

부르르르……!

뽀옹.

끊어지라는 꼬리는 끊어지지 않고 묘한 소리만 궁둥이에서 울려 퍼졌다.

"야! 누가 방귀 뀌래!"

"듀…….."

그때였다.

거짓말처럼 바실이의 꼬리가 스스로 잘려 땅바닥에 툭 떨어졌다.

툭.

"으뚜우!"

바실이가 펄쩍 뛰었다. 그리고 이리저리 발발거리고 몸을 뒤집고 폴짝거리며 눈물을 흘렸다.

하지만 제피는 바실이의 고통 따위는 안중에도 없었다.

오로지 목표를 완수했다는 쾌감만이 가득할 뿐!

"흐흐흐."

바실이의 꼬리를 챙긴 제피는 바닥의 모래를 한 움큼 쥐어 주물렀다. 그러자 금방 모래로 빚은 그릇이 만들어졌다. 그릇에 오아시스의 물을 넣고 불을 피워 끓였다.

"이걸 뭐라고 해야 하나? 바실리스크 꼬리곰탕?"

그때였다.

"지금…… 뭐하고 있는 거지?"

어느새 돌아온 시슬란이 끓고 있는 꼬리곰탕을 쳐다보며 물었다.

바실이가 이때를 기다렸다는 듯 빨빨거리며 시슬란에게 다가가 제피를 가리키곤 연이어 자신의 꼬리를 가리켰다.

"으듀, 듀, 듀듀! 으삐!"

하지만 바실이의 그러한 고자질은 전혀 효과를 보지 못하였다. 시슬란이 품속에서 엄청난 물건들을 꺼내며 제피를 칭찬했기 때문이다.

"아이에게 먹이기 위해 고육지책을 썼군? 수고가 많았다. 그리고 여기, 나도 먹을 것을 좀 가져왔다."

풀썩, 와르르르르.

그가 코트 안쪽의 그림자 공간을 열자 엄청난 양의 식량이 쏟아져 나왔다.

두툼한 고기와 햄에서부터 각종 야채와 양념거리, 심지어 치즈와 요구르트, 양젖이 담긴 가죽 부대까지 있었다.

"아니, 이걸 대체 어디서⋯⋯."

순간 시슬란의 표정이 와락 굳었다.

그의 대답은 두 호흡 뒤에야 돌아왔다.

"⋯⋯오아시스 근처를 산책하다 보니 지나가던 개가 떨구고 가더군."

'아니, 이 양반이 대체 무슨 말도 안 되는 거짓말을.'

제피가 시슬란의 얼굴을 빤히 쳐다보았다.

시슬란의 표정이 더욱 굳으며 약간 붉게 달아올랐다.

"흠흠, 뭘 보나."

"⋯⋯."

"자, 어서."

시슬란이 식료품을 내밀고서야 제피도 눈길을 거두었다.

바실이의 꼬리에다 갖가지 식료품까지. 이 정도라면 소년의 원기를 북돋아 줄 영양 만점의 수프를 끓일 수 있을 듯했다.

수프를 휘저으며 제피는 시슬란을 곁눈질했다.

시슬란은 졸지에 꼬리를 잃어 억울해하는 바실이를 가만히 쓰다듬어 주고 있었다. 그러면서도 아직은 홍조가 가시지 않은 얼굴을 다른 쪽으로 슬며시 돌려 제피를 외면하고 있었다.

제피가 슬며시 웃음을 지었다.

'아이가 걱정돼서 훔쳐 온 거야? 세상에, 저 자존심 강한 인간이 도둑질이라니. 항상 냉철한 사람인 줄로만 알았는데 말이지.'

수프를 젓는 제피의 입가에 흐뭇한 미소가 떠올랐다.

3

시슬란과 제피의 정성 어린 간호 덕분에 소년은 간신히 음식을 먹을 수 있었다.

시슬란은 꾸준히 소년의 전신을 마사지했다. 굳었던 몸이 풀리며 섭취한 영양이 구석구석으로 스몄다.

그렇게 약간의 체력이 보충될 때마다 시슬란이 치료 마법을 사용했다.

이틀이 지났다.

드디어 소년이 눈을 떴다.

"허, 허억?"

튕겨지듯 상체를 일으킨 소년.

정신이 제대로 들지 않았는지 멍한 눈빛이었다.

소년의 주의를 환기시킨 것은 누군가의 목소리였다.

"다행이군, 깨어나서."

"앗?"

그제야 소년은 바로 곁에 누군가가 앉아 있음을 깨달을 수 있었다.

시슬란이었다.

사실 시슬란이 구사하는 솔라리스 말은 루나티카의 억양이 섞여 있어 굉장히 풍부한 울림과 깊이, 그러면서도 칼로 자른 듯한 날카로운 여운을 지니고 있다. 굳이 비유하자면 깊고 고풍스러운 오르간과 세련된 바이올린으로 콘체르토(Concerto)를 엮어 내는 듯한 느낌이었다.

그런 우아하고 생소한 느낌에 소년은 처음부터 조금 주눅이 들어 버렸다.

"누구……세요?"

"지나가던 사람이다."

"여긴 어디죠?"

"보다시피."

시슬란이 어깨를 으쓱했다.

그제야 소년은 이곳이 오아시스 근처에 만든 임시 거처란 걸 깨달을 수 있었다.

"전 골렘 병정들에게 맞고 있었는데……."

소년은 자신이 기절하기 전의 상황을 떠올렸다.

자신을 짓밟던 발길.

골렘의 단단한 주먹.

아팠다. 너무 아팠다.

비명을 지르고 고함을 질러도 멈추지 않았다. 팔다리가 부러져도 매질이 계속되었다.

무서웠다. 이렇게 죽는 건가 싶었다.

그렇게 정신을 잃었다.

그런데 깨어나고 보니 여긴 저세상이 아니었다.

오히려 다친 곳도 멀쩡하게 나아 있었다.

그러고 보니 정신을 잃고 나서도 누군가가 자신을 안고 어디론가 바쁘게 움직였던 것 같은 기억이 희미하게 났다. 몽롱한 와중에도 흔들려서 어지럽다고 투덜거렸던 사실 또한.

"그럼 당신이⋯⋯?"

소년의 추측은 은신처 안에 차곡차곡 쌓인 식료품과 사용했던 진흙 그릇을 보자 확신으로 바뀌었다.

"당신이 절 구하셨군요."

소년이 일어나더니 시슬란을 향해 넙죽 절을 했다.

"고맙습니다. 제 이름은 이솔라라고 합니다. 실례지만 은인의 이름은 어떻게 되시는지⋯⋯."

"시슬란이다."

"후후, 이 몸의 이름은 제피."

"으듀!"

가만히 구경하던 제피와 바실이가 기회를 놓치지 않고 자신들을 어필했다.

"고맙습니다, 시슬란 님. 제피 님, 그리고 도마뱀…… 님?"

"에헴!"

"듀!"

거드름 떠는 제피와 달리 바실이가 자신의 이름을 강조하려고 소리쳤다. 다만, 녀석이 말할 수 있는 발음의 한계 때문에 이솔라는 시슬란이 알려 주고서야 바실이의 이름을 알 수 있었다.

시슬란이 물었다.

"그나저나 한 가지 묻고 싶은 게 있는데."

"네. 말씀하세요, 시슬란 님."

"이 도시, 무척 이상해. 여긴 어떤 곳인지, 왜 사람들이 노예나 가축처럼 살고 있는지, 마르칸과 골렘들은 또 무언지 이야기해 줄 수 있나?"

"네, 당연하죠."

이솔라의 눈빛이 열성적으로 반짝거렸다.

소년은 이곳의 이야기를 누군가에게 들려주고 싶어 했던 것임이 틀림없었다. 그것도 아주 오래전부터.

　이솔라를 향한 시슬란의 시선이 안타까워졌다.

　'하긴…….'

　이 소년 또한 가축처럼 모질게 자랐으리라.

　왜 그렇게 살아야 하는지, 끝도 없이 자신을 향해 물었으리라. 그렇게 답을 찾아 헤매었으리라.

　그래서 시슬란은 소년이 마음에 들었다.

　모진 고생을 했을 것임이 분명함에도, 의지가 또렷하고 고집과 강단이 있어 보이는 모습 때문이었다.

　"말씀드리자면 길어요. 우선 마르칸에 대해 말하자면……."

　소년, 이솔라의 이야기가 이어졌다.

4장.

처단을 결심하다

1

푸드득!

요란한 소리와 함께 강인한 날개가 바람을 휘젓는다. 사막 매 한 마리가 날카로운 외침과 함께 하늘을 호령하고 있었다.

삐이익—!

"후후. 보라, 이 얼마나 우아한 생물인가."

콧수염으로 한껏 멋을 내고 호화로운 알마바(Al-Abaah) 두루마기를 걸친 중년의 사내가 테라스에서 손을 들어 올린다. 그의 손에는 살아 있는 수탉 한 마리가 잡혀 있었다.

사내가 닭을 테라스 밖으로 던졌다.

닭이 허공에서 푸드덕거렸다.

매의 눈이 번득였다.

뒤이은 급강하! 매는 순식간에 닭을 낚아채어 숨통을 끊어 버렸다. 중년 사내가 자신의 어깨 위로 돌아온 매를 쓰다듬었다.

그때였다.

모래 골렘 하나가 나타나 그에게 한쪽 무릎을 꿇었다.

『위대하신 마르칸이시여, 준비가 완료되었습니다.』

"그래, 수고했다."

모래 골렘이 물러났다.

마르칸은 걸음을 옮겨 옆의 테라스로 이동했다.

"흐으음……."

테라스 밖으로 몸을 내민 마르칸은 아래에 보이는 도시 건너편, 마테온 외곽의 경계를 주시했다. 저 멀리 마테온과 사막을 구분 짓는 경계석 근처에 모인 몇몇 사람들이 꼬물거리는 점처럼 보였다.

마르칸의 얇은 입술에 미소가 피어났다.

"어디 볼까."

푸드득!

그의 말이 끝나기가 무섭게 어깨 위의 매가 날아올랐다.

매는 곧장 도시 외곽 경계석을 향해 날아갔다. 맹금류 특유의 고도로 발달한 시각으로 그곳에 모인 사람들과 풍광을 시야에 담았다.

테라스에 남은 마르칸의 눈동자가 기이하게 빛나기 시작한 것은 바로 그 순간부터였다.

키이이이……!

마르칸의 또 다른 능력.

그는 매와 시각을 공유했다. 덕분에 바로 근처에서 보는 것처럼 경계석 주변의 상황이 똑똑히 보였다.

경계석 아래, 그곳에서는 처형이 진행되고 있었다.

"사, 살려 주세요!"

"제발, 제발 자비를……!"

다섯 명의 사람들이 울며 애걸했다.

하지만 모래 골렘 경비병들은 일말의 흔들림도 없이 자신에게 주어진 임무를 수행했다.

『나가지 않으면 찌른다.』

창처럼 변한 골렘의 손끝이 다섯 명의 등을 겨누었다.

두려움에 질린 다섯 사람이 마지못해 걸음을 떼었다.

경비 골렘들은 그들을 도시 밖 경계석 아래까지 밀어붙였다. 그러자 다시 한 번 사람들이 멈추어 섰다. 그들이 눈물을 흘리며 애원했다.

"제발 이러지 마세요."

『…….』

골렘 경비병끼리 눈짓이 오갔다.

푸욱!

한 경비 골렘이 방금 애원한 사내의 등을 가차 없이 찔렀다. 사내가 비명과 함께 피를 쏟으며 쓰러졌다.

살아남은 네 사람이 두려움에 부르르 떨었다.

결국 그들은 경계석 밖으로 걸음을 내밀 수밖에 없었다.

『계속 걸어.』

뒤에 남은 경비 골렘의 고저 없는 목소리가 들렸다.

네 사람은 계속 걸었다.

한 걸음, 열 걸음, 오십 걸음, 마침내 백 걸음…….

그때까지 그들에겐 아무런 일도 일어나지 않았다.

사막의 아침은 여전히 강렬한 뙤약볕을 내리쬐고 있었고, 불어오기 시작한 바람은 여전히 선선했다. 저 멀리 어딘가의 창공에서는 홰를 치고 있는 날카로운 맹금의 포효가 들려왔다.

네 사람은 두려움에 떨면서도 서로의 상태를 살폈다. 그리고 마침내 아무런 일도 없음을 깨닫자 반색했다.

그중의 한 노인이 활짝 웃으며 말했다.

"……."

[우리 이대로 도시 밖으로 도망치자.]

그런데 나머지 세 사람은 두려움에 질린 표정으로 노인에게서 한 걸음 물러났다.

노인은 어리둥절함을 느꼈다.

"......?"

[어이, 왜 그래?]

노인은 그제야 무언가가 이상함을 깨달았다. 방금 자신이 말을 했을 때 어쩐지 그 소리가 좀 이상한 듯도 싶었던 것이다.

그는 시험 삼아 다시 말을 해 보려 했다.

"......?"

[어?]

자신은 분명 말하고 있는 거라 여기고 있었는데 정작 소리는 나오지 않았다.

"......!"

[어떻게 된 거야!]

갑자기 와락 겁이 치밀었다.

무언가가 잘못되었다.

섬뜩한 예감에 노인은 도시 쪽으로 돌아가려 했다.

하지만 그제야 그는 깨달았다.

자신이 더는 움직일 수 없는 처지가 되었다는 사실을.

그리고 자신과 함께 경계석을 넘어온 다른 세 사람도 자신과 똑같은 처지가 되었다는 사실을.

"……!"

어느새 그의 머리카락은 모조리 빠져 있었다. 머리칼뿐만이 아니었다. 전신의 털이란 털은 모조리 빠져 있었다. 하지만 그것은 그의 신체 다른 곳에 일어난 일에 비한다면 약과에 불과했다.

스르르륵, 툭.

팔이 어깻죽지부터 뽑혀 바닥으로 툭 떨어졌다.

그런데 피가 한 방울도 나지 않았다.

피 대신 흐르는 것은 새하얀 모래였다.

어느새 노인과 다른 세 사람의 몸이 수분을 모조리 잃어버린 것이다.

"……!"

고통의 울부짖음을 토하지만 소리는 나오지 않는다. 그 사이에도 반쯤 모래로 변해 버린 그들의 신체는 천천히, 그러나 확실하게 뭉개지고 스러졌다.

결국 몇 번의 허우적거림과 소리 없는 비명 끝에 네 사람의 몸은 모조리 모래로 변해 허물어져 버렸다. 남은 것이라곤 반쯤 화석화된 뼈밖에 없었는데, 그마저도 얼마 지나지 않아 부스러졌다.

네 명의 생명이 흔적도 남지 않은 것이다.

그런데 그게 끝이 아니었다.

꿈틀…… 꿈틀…….

네 사람이 부스러져 죽은 자리의 모래가 들썩였다.

처음엔 천천히, 미약하게…… 그러나 시간이 지날수록 그 움직임이 차츰 또렷해졌다.

그리고 불쑥 몸을 일으켰다.

푸스스스슥!

모래 골렘.

방금 네 사람이 죽으며 남긴 모래가 뭉쳐 새로운 골렘 한 마리가 태어난 것이다.

넷의 죽음과 하나의 탄생.

그러나 죽음을 애도하는 이 하나 없는 이 사막에는 고요 하게 선회하는 매의 날카로운 눈동자만이 허공에서 빛나고 있을 뿐이다.

"크크크크!"

매의 시각을 빌려 그 모든 과정을 지켜본 마르칸이 어깨 를 들썩이며 웃었다.

언제 봐도 즐거운 광경이었다. 눈이 즐거울 뿐만 아니라 그가 거느린 골렘 군단이 매일 늘어나는 것 자체가 하나의 기쁨인 까닭이었다.

골렘 군단을 불리기 위해 그 재료가 되는 인간을 사육한다. 바로 마르칸이 이곳에 사육장을 만들고 사람들을 가축처럼 사육하는 이유였다.

그때였다.

또 다른 골렘이 들어와 무릎을 꿇었다.

『보고드립니다. 이틀 전에 일어난 소란의 주동자에 대한 소식입니다.』

"음, 어떻게 됐지?"

『소란을 일으킨 자는 외부인으로 보입니다. 당시 현장에 있던 인간들과 생존한 동료의 증언이니 틀림없을 것입니다.』

"외부인이라…… 그래, 놈의 인상착의는?"

『북부인처럼 창백한 피부에 검은 머리칼을 지녔으며, 특이하게도 주홍빛 눈동자를 보였다고 하였습니다.』

"주홍빛…… 눈동자라."

마르칸의 눈빛이 빛났다.

"그래서, 아직 놈의 흔적을 찾지는 못했고?"

『송구하오나 그날 밤에도 같은 인물로 보이는 자가 창고를 급습하여 또다시 피해가…….』

퍼억!

모래 골렘이 풀썩 쓰러졌다.

전광석화처럼 마르칸이 손을 휘둘렀던 것이다.

그 일격에 골렘은 머리가 아예 사라져 버렸다.

"무슨 일 처리가 이따위야?"

『……』

당연하게도 머리가 사라진 골렘은 대답도 못하고 바닥에서 버둥거렸다. 조금 있으니 다른 모래 골렘 병정들이 들어와 머리가 사라진 놈을 데리고 갔다.

"주홍빛 눈동자를 지닌…… 외부인이라."

그는 테라스를 나섰다.

모퉁이와 복도를 지나치고 계단을 올라가 그가 도착한 곳은 바로 저택 최상층에 있는 그의 침실이었다.

그는 침대 귀퉁이에 솟은 장식을 이리저리 매만졌다.

끼이익…….

기이한 소리를 내며 침대가 스르르 밀려났다.

침대가 있던 자리에는 무저갱 같은 어두운 통로가 아래로 뻗어 있었다.

그 누구도 모르는, 오로지 마르칸만이 알고 있는 비밀의 장소로 이어지는 통로였다.

그는 통로로 들어갔다.

빛도 없는 기다란 석굴.

그럼에도 그는 막힘없이 걸었다. 수십 번도 더 들락거린 듯 익숙함이 모든 동작에서 배어 나왔다.

그런데 마침내 석굴 끝에 다다랐을 무렵엔 그의 표정과 분위기가 전과 바뀌어 있었다.

꿀꺽.

수하들 앞에서는 한없이 사납고 위엄 있는 이 도시의 폭군 마르칸, 그런 그가 석굴 끝 밀실 입구에 도착해서는 온순한 양으로 변한 것이다.

심지어 긴장하고 있기까지 했다.

그는 두 무릎을 꿇어 공손히 엎드렸다.

그가 조아린 방향, 어둠이 서린 밀실 한쪽에는 휘장이 드리워져 있었다. 휘장 너머로 누군가의 옆모습 실루엣이 슬쩍 엇비쳤다.

마르칸이 긴장된 목소리로 고했다.

"말씀하셨던 자가 나타난 것 같습니다."

"……"

휘장 건너편에서는 말이 없었다.

마르칸의 말이 이어졌다.

"말씀해 주셨던 이와 용모가 일치하오며, 경비대의 역량으로는 도저히 감당치 못할 만큼 강대한 힘을 지니고 있음도 주셨던 말씀과 똑같습니다."

"……"

침묵이 흘렀다.

그것도 너무나 무거운 침묵이었다.

뚝, 뚝······.

조아린 마르칸의 정수리와 이마에서 차가운 땀이 흐르기 시작했다. 그는 저도 모르게 두 눈을 질끈 감았다.

휘장 건너편의 실루엣이 처음으로 움직임을 보인 것은 바로 그때쯤이었다.

스르륵.

비단 흐르는 소리.

그와 함께 휘장이 열렸다.

"고개 들어."

놀랍게도 건너편에서 들려온 것은 젊은 여인의 목소리였다.

마르칸의 어깨가 부르르 떨렸다.

그는 차마 고개를 들지 못했다.

"어머, 내 말을 못 들었나?"

느릿한 목소리엔 끈적한 살기가 배어 있었다.

그제야 마르칸은 질끈 감고 있던 눈을 떴다.

가장 먼저 보인 것은 바닥이었다.

간신히 고개를 들었다.

그의 시야가 천천히 위로 올라갔다.

먼저 휘장 건너편의 단 위에 다리를 꼬고 앉은 여인의 두

발이 보였다. 새하얀 맨발이 눈부신 살갗을 드러내고 있었다. 그 위로는 뇌쇄적일 정도로 가느다란 발목과 미끈하게 빠진 종아리가 있었다.

하지만 마르칸은 누구보다도 잘 알았다.

저 예쁜 발과 다리가 얼마나 악랄하게 사람을 짓밟을 수 있는지를.

저 여인을 처음 만난 몇 년 전, 마르칸은 처음으로 그 사실을 알았으며, 그녀가 자신을 이 도시의 표면적인 지배자로 만들어 주었을 때 그 사실을 누구보다도 확실히 실감하였다.

이윽고 마르칸의 시선은 치마에 가려진 여인의 허벅다리와 날렵한 허리를 지나쳤다. 비교적 몸에 달라붙은 옷을 입은 덕에 여인의 균형 잡힌 몸매가 그대로 드러났다. 가냘프게 보일 정도였다.

하지만 저 가냘픈 손으로 한낱 평범한 마적 무리의 대장에 지나지 않던 마르칸에게 모래 골렘 제조의 비술을 가르쳤다. 생사람을 죽여 모래로 만들고, 그 모래로 골렘을 만드는 비법을 말이다.

딱딱딱.

이제 마르칸의 턱은 이빨 소리를 낼 정도로 떨리고 있었다.

그는 두려웠다.

가냘픈 여인의 몸매도, 보는 순간 쓰다듬고 싶어질 만큼 사랑스럽게 느껴지는 목덜미도, 그녀의 아름다운 비취빛 눈동자도, 위로 틀어 올린 풍성하고 화려한 백금발까지도.

그녀의 모든 것이 두려웠다.

마침내 여인의 전신이 마르칸의 시야에 들어왔다.

그와 눈이 마주치는 순간 여인이 화사하게 웃었다. 하지만 그녀의 눈은 전혀 웃고 있지 않았다.

얼음 가루가 풀풀 날릴 만큼 차가운 목소리가 마르칸을 향해 떨어졌다.

"그는, 지금, 어디에 있지?"

비로소 완전한 모습을 드러낸 여인.

그녀는 바로 지난날 윈덤 성에서 시슬란을 기습했다가 죽임을 당했던 부활의 사도 십이 사제 사야나였다.

2

사실 그녀는 사야나의 쌍둥이 언니인 샤카라였다.

동생인 사야나와 달리 그녀의 특기는 모래를 이용한 각종 술법. 덕분에 마스터에게 그 능력을 인정받아 이 사막의 도시를 다스리고 있었다.

동생이 루나리언에게 당했다는 소식을 들은 것이 불과 얼마 전.

샤카라는 화사하게 웃었다.

'잘됐네.'

하지만 환하게 웃는 입과 달리 그녀의 눈빛은 전혀 웃고 있지 않았다.

그 무감정한 눈길이 엎드린 마르칸을 훑었다.

"그래서, 그는 지금 어디에 있지?"

그러곤 한마디 덧붙였다.

"내게 두 번 말하게 하지 마라."

부르르……!

마르칸의 어깨가 눈에 띌 정도로 떨렸다.

샤카라의 입가에 풋, 하는 조소가 걸리려는 차에 마르칸이 비로소 입을 열었다.

"모, 모르……겠습니다. 총력을 퍼부어 수색망을 펼쳤지만 도저히 종적을 알 수가……."

말을 하다 말고 그는 눈을 질끈 감았다. 샤카라의 시선이 싸늘하게 변하는 것을 피부로 느꼈기 때문이다.

'젠장.'

이제 여기서 목숨이 썰리고 마는 걸까.

마르칸은 두려운 가운데에도 마음을 다잡았다.

그런데 이어진 샤카라의 말은 뜻밖의 것이었다.

"그래. 수고 많았고, 나가 봐."

"예?"

"……두 번 말하게 하지 말라고 했을 텐데."

"네, 네!"

걸음아 날 살려라 물러나는 마르칸의 모습을 보며 샤카라는 생각에 잠겼다.

'사야나와 타이드를 모두 끝장낸 사실로 따지자면 그 루나리언은 나 혼자서 감당할 인물이 아니야. 그렇다면……'

샤카라는 방만한 자세 그대로 수정구에 한쪽 발을 척 걸쳤다.

"제7지부 샤카라."

그러자 수정구에 변화가 일어나기 시작했다.

스르르르…….

수정구가 일렁이더니 그 안에서 사람이 모습을 드러냈다.

『오랜만이군. 무슨 일이냐?』

"저도 오랜만에 마스터의 얼굴을 뵈니 영광이군요."

『네가 어쩐 일로 아부를 다 하는지 모르겠구나. 뭔가 조를 일이라도 생겼나?』

"네, 지원이 필요할 것 같아서요."

『흠, 혹시 전에 말했던 그 루나리언이 마침내 거기까지 간 건가?』

"그래요."

『어쩔 수 없지. 또 마나홀을 빼앗길 수는 없으니. 블랙 데몬(Black Demon)을 대기시켜 놓도록 하지. 낙월의 등대에서 소환하면 될 것이다.』

"고맙습니다, 마스터."

팟⋯⋯!

대화가 끝나자마자 샤카라는 아무런 미련도 없이 구슬을 발로 밀어 버렸다. 굴러가던 구슬이 벽에 부딪치며 퍼석하는 큰 소리가 났다.

그래도 그녀는 수정구를 살펴보지도 않았다.

이 수정구가 내장된 세 번의 기능을 다하기 전까지는 절대 깨지지 않음을 잘 알고 있는 까닭이었다.

그 증거로, 수정구와 벽이 부딪쳤음에도 깨진 쪽은 벽이었다.

"낙월의 등대라⋯⋯."

그녀는 도시 옆 오아시스에 있는 한 건축물을 떠올렸다.

3

같은 시각, 시슬란은 이솔라에게 모든 설명을 다 들었다.

"그럼 그 마르칸이라는 자가 원인이란 말인가?"

그의 눈빛은 예사롭지 않았다.

겉으론 한없이 고요하고 단정해 보이는 눈동자. 그러나 바로 곁에서 보는 사람만이 느낄 수 있는 감당키 어려운 격랑과 태풍이 그 속에 있음을 이솔라는 똑똑히 실감했다.

그에 저도 모르게 마른침을 꿀떡 삼켰다.

"아, 아마도요."

"좋군, 좋아."

연신 고개를 끄덕이는 시슬란이었다.

그가 비록 타인의 일에 기본적으로 냉담하다고는 하나 사람으로서 지니는 기본적인 도덕관마저 희미한 것은 아니었다. 아니, 어떤 의미에서 보자면 상류층으로서 지녀야 할 덕목에 관해서는 남들보다 훨씬 고지식한 기준을 지니고 있었다.

지배자는 백성을 위해야 한다.

아랫사람들을 긍휼히 살피고, 지배자로서의 소양과 덕목을 길러 사람들이 평안히 살아가도록 힘써야 한다.

그것이 시슬란의 확고한 가치였다.

한데, 그런 기준에서 보자면 이 도시의 지배자 마르칸은 실격이었다.

아니, 정정.

실격 정도가 아니라 용납이 안 될 수준이었다.

그렇지 않아도 마음에 안 들던 차였다.

게다가 마나홀의 기운도 느껴지지 않는데 혹시나 그 마르칸이라는 자를 통하면 뭔가 실마리가 나오지 않을까 싶은 기대도 생겼다.

마음에 안 드는 자를 처벌하면서 도움이 될 정보도 얻는다.

꽤나 바람직하고 유익한 전개라 할 수 있었다.

시슬란은 일을 미루지 않았다.

잠깐 옷매무새를 정돈한 그는 곧장 도시 중심 거리 쪽으로 걸음을 옮겼다.

"어딜 가세요?"

의아해진 이솔라가 따라오며 물었다.

시슬란의 걸음이 문득 멈추었다.

어느새 소년을 돌아보는 그의 입가에는 의미를 헤아리기 어려운 미소가 걸려 있었다.

우아하지만 그만큼 사나운.

"같이 갈 건가?"

"어디를요?"

"저기."

시슬란의 길고 가는 손가락은 도시 한복판에 군림하듯 버티고 있는 대저택을 가리키고 있었다.

바로 마르칸의 저택이었다.

그걸 깨달은 이솔라의 얼굴이 하얗게 질렸다.

'저긴 안 돼요. 함부로 저길 갔다간……'

그렇게 말리려 했다.

하지만 이어진 시슬란의 말에 이솔라는 저도 모르게 말을 꿀꺽 집어삼키고 말았다.

"나와 저길 가면…… 재미있는 일을 구경할 수 있을 거다."

그의 눈동자 속 격랑이 더욱 거칠게 몸부림쳤다.

샤아아아아!

어스름한 저녁의 황혼 속에서 불길한 그림자가 피어올랐다. 곧, 대저택의 거대한 정문이 썩은 비스킷처럼 바스러졌다.

4

마르칸은 골렘 병정들을 닦달하고 있었다.

"대체 어떻게 된 거야! 그 한 놈을 못 찾아서 이리도 빌빌거리나!"

성난 그의 손이 향로를 집어 들었다.

이어진 그의 행위는 꿇어 조아린 골렘들을 향해 떨어진 가혹한 폭력 행사였다.

퍼억! 퍽! 퍼석!

골렘들은 그저 묵묵히 그의 폭력을 견뎠다. 향로에 맞아 부서진 이마에서 모래가 뚝뚝 떨어지고 팔뚝이 뽑혀도 그저 꿇어 조아리기만 했다.

벌써 샤카라에게 무능함을 지적받은 마르칸은 이미 제정신이 아니었다. 다시 한 번 시슬란의 행방을 모른다는 대답을 했다간 자신의 목숨도 위태롭게 될 거라는 위기감 때문이었다.

한참이나 폭력을 행사한 마르칸이 씩씩거리며 골렘들을 노려보았다.

"이 무능한 놈들. 네놈들에게 오늘 하루의 시간을 주겠다. 그 안에 무조건 그놈을 찾아내! 그러지 못하면 내 친히 네놈들의 몸통과 사지를 분리해 줄 것이야."

이를 갈며 짓씹듯 말하는 그의 눈빛은 이것이 협박이 아님을 명백히 알려 주고 있었다. 골렘들도 그걸 깨닫고는 목을 움츠렸다.

그들도 알았다.

마르칸은 한다면 하는 사람이라는 걸.

"알았으면 꺼져."

골렘들이 부리나케 뛰어나갔다.

그 모습마저도 마음에 들지 않았는지 마르칸이 인상을 찌푸렸다.

"기분도 더러운데 아무나 몇 놈 잡아다가 가죽을 벗길까……."

스스로 말해 놓고도 좋은 생각이라는 기분이 들었다. 아무리 생각해도 최고의 유희가 될 것 같았다.

마르칸은 자리에서 일어나며 집사를 불렀다. 그의 저택에 있는 몇 안 되는 인간 일꾼, 그중에서도 그나마 믿음직한 놈이었다. 그는 집사에게 희생양이 될 노예들을 끌고 오라고 명령했다.

그런데 그때였다.

부우우우—!

어디선가 낮고 묵직한 뿔 나팔 소리가 들려왔다.

마르칸의 기억에 그 소리는 마적 시절부터의 수하들이

위급을 알리는 신호였다.

아울러 자신이 이 도시를 지배하고부터는 한 번도 울린 적이 없는 소리이기도 하였다.

그의 이마에 주름이 하나 더 생겨났다.

"무슨 일이지?"

딱히 불안감이 들거나 한 것은 아니었다. 오히려 별것 아닌 일에 뿔 나팔을 분 것이라면 그 수하를 가죽 벗기기의 제물로 삼아야겠다는 생각을 했다.

그는 희생양을 두 눈으로 확인하기 위해 테라스로 나갔다.

"대체 어떤 정신 나간 놈이 대낮에 함부로 뿔 나팔을 불었느……."

그의 패악스러운 외침은 끝까지 이어지지 못했다.

뻐억!

호쾌한 소리와 함께 골렘 하나가 이곳 4층 테라스까지 튀어 올라와 난간에 축 걸렸기 때문이다. 그 모습이 마치 방금 빨아 치운 빨랫감 같았다.

"뭐, 뭐지?"

놀란 마르칸이 아래쪽으로 시선을 돌렸다.

그의 눈이 더한 놀람으로 휘둥그레졌다.

5장.

집결! 가디언

1

마르칸은 맹세할 수 있었다.

그는 결코 자신의 모래 골렘들에게 하늘을 나는 법을 가르친 적이 없다. 그런데 지금 이 순간, 그의 골렘들은 그가 보는 앞에서 하늘을 날고 있었다.

이리 휘익, 퍼석!

저리 휘릭, 빠각!

어지럽게 튕겨 날아가고 부서지는 골렘들의 모습을 보자니 절로 멍해지는 마르칸이었다.

그러다가 그는 폭풍의 중심을 보았다.

꿀꺽.

'저……게 사람이야?'

절로 그런 생각이 들었다. 무리도 아니었다.

마법도 아니다.

그렇다고 직접 잡아서 던지는 것도 아니다.

그런데 시커먼 무언가가 주변에서 일렁인다 싶으면 반드시 골렘 하나가 붙잡혀 허공을 날았고, 부서졌다.

뿌드득!

'저게 그놈인가?'

샤카라에게 들었을 때는 과장이 섞였을 걸로 생각했었다. 그런데 실제로 보니 그게 아니었다. 아니, 샤카라의 말이 오히려 부족했던 것 같았다.

마르칸이 분통을 터뜨리는 사이에도 골렘의 숫자는 빠르게 줄어 갔다. 모래 골렘만으로 시슬란을 막기엔 애초에 역부족이었던 것이다.

그 순간, 드넓은 안뜰에서 골렘의 비행 생물로의 진화 가능성을 몸소 엿보여 주던 시슬란이 고개를 들어 마르칸을 똑바로 주시했다.

'걸렸다……!'

골렘을 처리하는 모습으로 보아 자신은 절대로 저 시슬란의 상대가 될 수 없음을 직감하던 마르칸이었다.

그는 도주를 위해 시간을 벌기로 했다.

"흐아아아압!"

마르칸이 수인을 맺으며 두 손으로 땅을 짚었다.

그러자 그의 손에서부터 동심원의 파동이 모랫바닥을 따라 빠르게 확산되었다. 샤카라에게 배운 몇 가지 마법 가운데 하나였다.

푸확!

모래가 용솟음친다.

날카롭게 변한 모래의 폭풍이 시슬란의 전신을 찢어 버릴 듯 달려들었다. 그러나 시슬란의 전신은 이미 일렁이는 그림자로 완벽히 보호된 상태.

모래는 알갱이 하나도 그림자를 뚫지 못했다.

그러나 마르칸의 노림수는 따로 있었다.

파팟!

모래 폭풍 속에서 두 줄기 섬광이 번득였다.

시슬란을 향해 직선으로 쏘아진 두 자루의 극히 짧은 단창, 베르툼(Verutum, 투척용 초소형 단창. 길이는 30~40cm 내외. 접근전에서 적을 기습하기 위해 사용되는 무기이다.)!

"……!"

시슬란이 그걸 깨달았을 땐 이미 베르툼이 그의 몸에 꽂히기 직전이었다. 게다가 그 날카로운 끝에는 녹색 독약이 발려 있었다. 마르칸이 직접 추출해 낸, 각종 식물의 가장 강력한 독성을 혼합하여 만든 끔찍한 신경독이었다.

그걸 아는지 모르는지, 시슬란은 날아오는 베르툼을 그냥 맨손으로 잡아 버렸다.

치이이이익……!

독액이 닿자 시슬란의 손바닥에서 끔찍한 소리가 났다.

'됐다!'

마르칸이 속으로 쾌재를 불렀다.

던지고 나서 바로 도망갈 생각이었는데 뜻밖에 그 공격이 통한 것이다.

그런데 그의 환희는 너무 이른 것이었다.

손바닥에서 하얀 연기가 나고 있는데도 시슬란의 표정은 여전히 태연했기 때문이다.

그가 무심히 중얼거렸다.

"독인가?"

심지어 그는 베르툼의 끝을 혀로 맛보기까지 했다.

이어진 시슬란의 품평(?)은 마르칸의 복장을 충분히 뒤집을 만한 것이었다.

"음, 이건 루나티카 황실에서만 전해 오는 칼리쟈 소스와 무척이나 흡사한 맛이군. 사실 그쪽의 정체가 요리사였단 말인가? 아니, 그럴 리가 없는데……."

'뭐, 뭐야, 이놈은?'

마르칸은 너무나 황당하여 입도 벙긋하지 못했다. 저 독약은 그조차도 취급에 극도로 주의를 기울이는 것인데, 그걸 아예 맛까지 보고는 품평을 해 대니 지금 상황이 도저히 받아들여지지 않았다.

하지만 사실 이 상황은 마르칸에게 있어 지극한 불행한 것이었다.

상대를 잘못 만났기 때문이다.

시슬란을 비롯한 루나리언 민족은 절대적인 채식주의자들이다. 그렇기에 몸에 좋은 약초는 물론, 각종 독초를 음식으로 만드는 조리법 또한 무척이나 발달하였다.

보통 독을 요리하는 조리법에는 두 가지가 있는데, 독을 제거하는 것과 독성 자체를 맛으로 승화시키는 부류였다. 그런데 하필이면 루나티카 황실이 즐겨 사용하는 요리법이 독성을 그대로 사용하는 후자의 것이었다.

때문에 시슬란을 비롯한 루나티카의 황족들은 독에 대해 기본적인 내성을 지니고 있었다. 특히 동물 독에는 비교적 취약하지만 지금 마르칸이 사용한 것과 같은 식물 독은 약간 자극적이고 매운 양념 정도로밖에 여기지 않았다.

그런 덕분인지 시슬란의 독에 대한 저항력과 관련된 일화들은 화려하다는 말로도 부족할 정도였다.

루나티카에서 반란을 계획했던 이들은 시슬란을 무력화

시키기 위해 정말로 치밀한 준비 끝에 독자적인 극독을 개발했다.

당연히 시슬란의 죽음을 확신했다.

그럼에도 그는 죽지 않았다. 단지 능력의 절반 정도를 잠시 상실했을 뿐이다. 그런 상태에서도 황실의 최고 정예인 십이 수호 기사와 맞서 밀리지 않는 무위를 보여 주었다.

사야나 또한 독으로 시슬란을 해하려 했었다. 그녀가 시슬란을 찌른 단검에는 한 방울로도 코끼리를 단숨에 마비시키는 마비독이 잔뜩 발려 있었다.

그 정도 분량이면 코끼리가 아니라 거대한 시 서펜트 열 마리를 마비시킬 수 있을 정도의 양이었다. 그러나 실제로 시슬란이 마비된 시간은 고작 1분 남짓이었다. 그다음부터 시슬란은 그야말로 펄펄 날아다녔었다.

그러나 마르칸이 그런 사연을 알 까닭이 없다.

한마디로 상대의 특성을 모른 채 비장의 무기를 성급히 사용한 것이 그의 불운이었다.

잠시 입맛(?)을 다시던 시슬란이 마르칸을 보았다.

"더 없나?"

"히익!"

퍼어엉!

놀란 마르칸이 다시 한 번 모래 폭풍을 일으켰다. 그리고 이전과 달리 기습도 가하지 않고 그대로 도주를 감행했다.

시슬란이 싱긋 웃으며 옆을 돌아보았다.

함께 올라온 이솔라가 그곳에 있었다.

"따라오면 재미있는 걸 볼 수 있을 거랬지?"

"킥!"

이솔라가 입을 가리며 웃음을 터뜨렸다. 자신을 비롯한 도시의 토박이들을 그렇게도 괴롭히던 마르칸이 보인 꼴사나운 모습에 더없는 재미를 느꼈나 보다.

그렇게 한참을 배를 움켜쥐고 큭큭거리며 웃던 이솔라가 시슬란을 올려다보며 물었다.

"저기요, 저 이제 가도 되나요?"

"어디로?"

"이 저택에서 저희 엄마가 일하고 있거든요. 3년 전에 잡혀 오셨어요."

'그랬었군.'

왜 처음 만났을 때 소년이 그토록 굶주린 상태였는지 조금은 알 것 같았다.

"그러려무나."

시슬란은 선선히 고개를 끄덕였다.

이미 이 저택에는 소년에게 위협이 될 마르칸의 수하들이 남아 있지 않았다. 모든 골렘은 박살 났고, 몇몇 인간 수하들도 마찬가지 꼴로 만들었으니까.

이솔라는 시슬란에게 고개 숙여 고마움을 표하고는 곧장 아래층을 향해 달려갔다.

"……."

시슬란의 시선이 마르칸이 도망친 쪽으로 향했다.

그는 정말로 느긋한 산보라도 즐기듯 걸었다.

샤아아아…….

불과 두어 걸음을 옮기는 사이에 그는 달빛과 그림자의 경계 속으로 스며들었다.

그리고 너무나 간단히 마르칸을 추격했다.

헉헉거리며 정신없이 뛰다가 문득 뒤를 돌아본 마르칸도 기겁하고 말았다.

바로 뒤에 시슬란이 있다!

그것도 너무나 평온한 얼굴로!

자신과 똑같은 속력으로!

게다가 시슬란은 아까 자신이 던졌던 베르툼 한 쌍을 손에 들고 있었다. 마르칸은 그 의미를 깨달았다. 저 베르툼을 자신에게 꽂아 버리겠다는 뜻이 아니겠는가!

"히, 히익?"

우당탕!

다리가 꼬여 넘어지고, 굴러서 일어나 다시 뛴다. 그렇게 날뛰고 옴치고 달싹여 보았지만 끝내 뒤에 바짝 붙어 오는 시슬란을 뿌리칠 수는 없었다.

그런데 시슬란은 뒤를 바짝 따라붙었음에도 아무런 위해도 가해 오지 않았다.

그게 마르칸의 공포심을 더욱 자극했다.

무뎌진 이성 속에서 생존 욕구가 용솟음쳤다.

'그, 그분의 도움을 받아야 해!'

마르칸은 자신의 침실로 뛰어들어가 재빨리 비밀 통로를 열었다.

그는 샤카라에게 도움을 받을 생각이었다.

사태가 진정된 후 그녀에게 죽임을 당한다 해도 지금 당장 죽는 것보다는 나을 것 같았다. 그만큼 시슬란이 너무나 두렵게 느껴졌다.

비밀 통로를 달리는 마르칸.

그 뒤를 태연히 따라가는 시슬란.

이윽고 휘장이 드리워진 밀실이 나왔다.

샤카라의 은신처였다.

갑자기 마르칸이 헐레벌떡 뛰어 들어오자 방만한 자세로 사과를 깎고 있던 샤카라가 눈을 휘둥그레 떴다.

"네, 네놈은?"

툭.

반쯤 깎인 사과가 바닥에 떨어져 데구루루 굴렀다.

하지만 샤카라는 사과 따위엔 신경도 쓰지 않았다. 그녀의 눈은 오로지 마르칸을 따라 들어온 시슬란을 향해 고정되어 있었다.

시슬란도 놀라기는 마찬가지였다.

"그대는?"

분명 사야나의 시체가 타이드에게 이용되어 좀비가 되어있던 모습까지도 봤던 그였다.

그런데 여기에 사야나가 살아 있다니?

샤카라와 사야나가 쌍둥이 자매임을 모르는 그로선 영문을 알 수 없는 일이었다.

어쨌거나 샤카라는 시슬란의 궁금증 따위에는 관심도 없었다.

그녀의 손이 섬전처럼 움직였다.

쉬악!

과일칼이 시슬란을 향해 날아갔다.

당연하게도 시슬란은 과일칼을 너무나 손쉽게 피했다.

한데, 허공을 가른 과일칼은 뒤쪽의 벽과 천장에 연달아 부딪치더니 다시금 시슬란의 뒷덜미를 노렸다.

시슬란은 그녀의 칼 던지는 솜씨에 순수하게 감탄했다.

"대단하군."

이쪽이 피할 방향과 빗나간 칼이 튕기는 각도까지 계산하여 던졌다는 뜻이다. 그것도 자신을 보고 나서 과일칼을 던지기까지 1초 남짓한 지극히 짧은 사이에.

하지만 감탄은 감탄일 뿐.

그는 상체를 휘돌리며 과일칼을 낚아챘다.

그리고 샤카라를 향해 되날렸다.

쒸아악!

날아올 때의 두 배의 속도!

그러나 샤카라의 대응 또한 만만치 않았다.

푸욱!

"끄윽!"

마르칸이 믿어지지 않는 눈길로 자신의 심장에 박힌 과일칼을 쳐다보았다. 어느새 샤카라가 그를 끌어당겨 자신의 앞을 가린 것이다.

부그르륵……!

기괴한 소리와 함께 피거품이 마르칸의 입술을 비집고 흘러나왔다. 마르칸은 뭔가 말을 하려고 뻐끔거리다가 숨이 끊어지고 말았다.

그런 마르칸에게 시슬란이 아주 잠시 신경을 판 그 사이, 샤카라의 모습이 사라졌다.

"흥!"

그녀는 현명하게도 대결이 아닌 도주를 택했다. 정면 대결로는 자신이 절대 시슬란을 이길 수 없단 사실을 아주 잘 알았기 때문이다.

또한, 그녀는 계획도 없이 무작정 도망친 것이 아니었다.

쿠르르르!

그녀가 사라지자마자 밀실이 무너졌다.

모래를 움직이는 그녀의 능력이 만들어 낸 일이었다.

파파파팟!

밀실을 빠져나온 샤카라는 전력을 다해 도시의 지붕과 담벼락을 연이어 건너뛰었다. 창백하게 빛나는 사막의 달빛 아래 길고 풍성한 그녀의 백금발이 휘날리며 반짝였다.

한편, 밀실의 붕괴에도 아무런 타격을 받지 않은 시슬란은 샤카라의 뒤를 느긋하게 뒤쫓았다. 그녀가 향하는 곳에 마나홀이 있을 거라 보았기 때문이다.

부활의 사도가 있는 곳엔 마나홀이 있다. 이건 지난 경험들을 비추어 보아도 확실한 사실이었다.

그러는 사이 샤카라는 마테온 전체를 가로질러 오아시스를 향해 달려갔다. 정확히 말하자면 오아시스 중앙에 세워져 있는 어느 높은 건축물을 향해서였다.

건축물의 모양은 특이했다.

창백한 달빛을 받아 새하얗게 빛나는 건물. 마치 하늘을 향해 들어 올린 새하얀 검을 보는 것만 같았다. 다만 특이한 점은 죽 곧아 날씬한 중단 부분과 달리 꼭대기는 중절모를 쓴 것처럼 넓게 부풀어 있다는 점이었다.

샤카라는 뒤도 돌아보지 않고 오아시스의 수면을 다섯 번 밟고 건너뛰어 건물 안으로 쏙 들어갔다.

시슬란은 오아시스에 떠 있던 빈 나룻배 몇 척을 밟고 건너뛰어 건물에 들어갔다.

안으로 들어가서 보니 건물의 용도를 알 수 있었다.

"이건…… 등대?"

2

등대 내부는 수직으로 비어 있었다. 둥근 내벽을 따라 나선 모양의 계단이 꼭대기 층까지 이어져 있을 뿐이었다.

불룩하게 넓은 꼭대기에는 마법으로 불을 밝히기 위한 장치가 있었다.

사막 한가운데에 등대라니.

그때였다.

스르륵.

달빛이 쏟아져 들어오는 나선 계단의 그늘진 구석에서

모래로 만들어진 검이 스르르 움직였다. 그리고 시슬란을
향해 미끄러지듯 재빠르게 날아와 목에 치명상을 가했다.

스칵!

서슴없이 목을 그어 버리는 일격!

눈을 부릅뜬 시슬란이 쓰러졌다. 그러나 쓰러진 그의 몸
은 그림자로 변해 스르르 흩어졌다.

진짜 시슬란은 따로 있었다.

그는 자신을 습격한 상대를 확인하고 눈살을 찌푸렸다.

"사야나, 아직 살아 있었나?"

"하, 내가 그 계집으로 보여?"

"아닌가?"

"내 동생에게 미련이 많았나 보지?"

"동생?"

그제야 시슬란은 그녀의 정체를 알았다.

"어쩐지 사용하는 수법이 전과 달라졌다 싶더니, 자매였
군. 그것도 똑같이 생긴."

"그걸 알았다고 해서 그쪽이 무사하지는 않을 거야."

좁은 등대의 내부.

시슬란과 샤카라는 서로를 마주 보며 천천히 원을 그렸
다.

스르르르!

샤카라의 주위로 모래가 휘몰아치며 거대한 뱀처럼 움직였다. 시슬란에게서 틈만 보이면 언제라도 달려들 준비를 갖춘 모습이었다.

그러나 그녀는 치명적인 실수를 저질렀다.

"사야나가 아니라더니, 역시 나를 모르는군."

시슬란이 피식 웃은 순간.

샤아아!

등대 안에 드리운 모든 그림자가 샤카라의 적으로 돌변하고 말았다. 그녀가 일으켰던 모래 또한 마찬가지였다.

"헉? 이게 뭐야!"

설마 시슬란이 이런 능력을 지녔을 줄은 몰랐던 샤카라는 기겁해서 겨우 몸을 피했다.

등대 최상층 위에서 시슬란을 내려다보며 그녀가 혀를 내둘렀다.

"이런 방법으로 내 동생과 타이드를 처리한 거였군? 그럼 나도 비장의 수를 사용해야겠네?"

그녀는 시슬란의 대꾸도 기다리지 않고 최상층의 마법 장치를 조작했다.

터엉! 하는 굉음과 함께 등대 꼭대기에 사막의 태양보다도 더욱 밝은 불빛이 밝혀졌다. 동시에 샤카라는 품에서 꺼낸 수정구를 불빛 속으로 밀어 넣었다. 그리고 시슬란을 돌아보며 이죽거렸다.

"뭐하는지 궁금해? 사실 이 등대가 좀 신기한 물건이거든. 솔라리스의 모든 물길과 연결되어 있으니까. 그래서 내가 필요할 때는 외부의 지원 병력을 받기에도 무척 편리하지. 지금처럼. 소환에 응하라, 블랙 데몬!"

슈화아아악!

빛이 등대 밖으로 내쏘아져 오아시스를 비추었다.

잔잔하던 수면에 기하학적인 빛의 문양이 새겨졌다. 마법진을 닮은 문양이 고속으로 회전하기 시작했다.

오아시스에 회오리가 생겨났다.

치솟은 물기둥이 굉음을 토했다.

그 안에서 검은 실루엣들이 모습을 드러냈다.

좌아아악…….

치솟았던 물기둥이 수만 갈래의 물방울로 해체되어 비처럼 쏟아져 내렸다.

그렇게 쏟아지는 물방울을 맞으면서 10개의 검은 어둠이 스멀거리며 허공에서 뭉쳤다.

스흐으으읍……!

그들은 안개와 같은 검은 기운을 호흡하고 있었다. 그들의 모습 또한 검은 기운의 오라에 휩싸여 있었다. 유일하게 검지 않은 부분은 오로지 붉게 빛나는 두 눈밖에 없었다.

한밤의 어둠만큼이나 불길하게 일렁이는 날개 한 쌍이 활짝 펼쳐졌다.

"우리를 불렀는가?"

부활의 사도 마스터가 직접 부리는 지옥의 마물, 블랙 데몬이었다.

그렇게 블랙 데몬의 음산한 목소리가 울리나 싶었다.

다음 순간, 그들의 모습이 오아시스 수면에서 사라지더니 순식간에 등대를 포위했다.

샤카라는 거기서 그치지 않았다. 아예 작정한 그녀는 시슬란을 내려다보며 씨익 웃었다. 그러고는 등대 천장을 향해 손을 뻗었다.

파아아앗……

이번에는 수정구가 환하게 빛나며 천장에서 마법진이 드러났다. 마나가 움직이고, 마법진에 의해 숨겨져 있던 것이 드러났다.

바로 마나홀이었다.

마나홀이 드러나자 바늘과 실처럼 마나홀을 지키는 가디언도 자동으로 모습을 드러냈다.

츠으으읏!

도시 외곽을 따라 줄지어 늘어서 있던 경계석들이 몸을 떨었다. 서로의 진동에 공명했다. 그러더니 서로를 향해 모여들었다.

이윽고 한곳에 모인 열두 덩어리의 경계석들이 기묘한 춤을 추며 모래 위를 미끄러져 등대를 향해 날아왔다.

경계석들은 서로 뭉치더니 허공에 하나의 환영을 만들어냈다.

바로 환영으로 만들어진 한 마리 매였다.

삐이이익—!

환영의 매가 울부짖는 것과 동시에 신기루가 일어나 오아시스 전체를 둘러쌌다. 눈앞이 아찔해지는 현기증과 함께 사물이 왜곡되어 보이는 현상이 시슬란에게만 일어났다.

비로소 시슬란은 저 허공을 나는 환영의 매를 만든 열두 덩이의 경계석이 가디언이라는 사실을 깨달았다.

샤카라가 히죽 웃었다.

"놀랐지? 어쩌니? 이번엔 저번처럼 당해 주기가 힘들 것 같아. 그럼 미리 작별 인사를 해 둘까? 바이바이."

블랙 데몬은 강하다.

샤카라와 같은 십이 사제도 블랙 데몬 하나를 대적하여 승부를 가리기 어려울 정도였다.

더구나 모습을 드러낸 가디언의 능력은 어떠한가.

샤카라는 확신할 수 있었다.

아무리 저 루나리언이 강하다 해도 이번엔 정말로 끝장을 내줄 수 있을 거라고.

그런데 그때였다.

지금껏 가만히 있기만 하던 시슬란이 실소를 머금었다.

"그쪽이 무슨 착각을 하고 사는지는 나도 모르겠군. 하지만 확실한 게 하나 있어. 아무래도 우리는 진지한 면담이 필요할 것 같아."

"뭐?"

샤카라가 눈썹을 찌푸렸다.

블랙 데몬의 전신을 에워싼 검은 오라가 더욱 짙어졌다. 그들은 이미 시슬란을 덮치기 위한 모든 준비를 끝마친 상태였다.

그때였다.

시슬란의 손이 자신의 코트 안주머니로 들어갔다가 나왔다. 어느새 그의 손에는 제피가 잡혀 있었다.

"어억, 주인님?"

제피를 내려다보는 시슬란의 입가에는 의미 모를 웃음이 걸려 있었다.

"둘만의 면담을 위해선 일단 주변을 조용히 정리할 필요가 있겠지? 주변을 좀 정리해다오. 그러는 김에 방해꾼들도 치워 주면 더욱 좋을 것 같고."

"예?"

제피가 반문했다.

시슬란은 다음 행동으로 대답을 대신했다.

즉, 자신이 차고 있던 마나 크리스털 팔찌를 풀어낸 것이
다.

철컥.

풀려난 마나 크리스털 팔찌가 제피의 허리에 채워졌다.

"어? 어어?"

제피가 눈을 휘둥그레 떴다.

그때부터였다.

마나 크리스털 팔찌에 서려 있던 기운이 제피의 몸속으
로 빨려 들어갔다. 그리고 여전히 제피의 내부에 남아 있던
가디언, 초거대 골렘의 본능을 일깨웠다.

"으익! 어어어?"

쿠구구구……!

제피의 작은 몸에서 굉음이 일었다.

그 순간 시슬란이 제피를 등대 밖으로 던졌다.

하지만 제피는 평소처럼 엄살을 부리지 않았다. 자신을
던졌다고 투정 부리지도 않았다.

대신 포효했다.

『쿠어어어어! 힘이! 힘이 솟는다아!』

하늘과 땅이 울고 오아시스에 파도가 일어났다.

초거대 골렘의 포효!

살육에 대한 의지를 불사르던 블랙 데몬 10마리가 움찔할 정도의 가공할 위세였다.

그러나 시슬란은 거기서 멈추지 않았다.

샤아아아!

그림자가 일렁이는 순간 그의 모습이 원래 있던 자리에서 사라졌다.

"헉?"

놀란 샤카라가 고개를 돌린 순간, 시슬란의 목소리가 그녀의 귓가를 간질였다.

"아까 재미있는 이야기를 하더군. 이 등대가 솔라리스의 모든 물길과 이어져 있다지?"

"큭!"

화들짝 놀란 샤카라가 번개처럼 돌아서며 허리에 감고 있던 칼날 채찍을 뿌렸다.

촤아악!

채찍이 경쾌한 소리와 함께 공기를 찢어발겼다.

그런데 시슬란은 한 손을 내밀어 너무나 간단히 그녀의 채찍을 잡아챘다.

"으윽?"

채찍을 다시 잡아당겼지만 요지부동.

그제야 샤카라는 깨달았다.

채찍을 낚아채지 않은 시슬란의 반대편 손에 자신의 붉은 수정구가 쥐어져 있다는 사실을.

"하, 그걸 언제? 하지만 이제 와서 그걸 깨려 해도 소용 없어. 그건 사용을 다 하기 전에는 절대로 깨지지 않는 물질이니까!"

그 사실을 철석같이 믿는 샤카라는 수정구를 빼앗긴 정도로는 조금도 당황하지 않았다. 오히려 시슬란을 비웃으며 반격하려 했다.

그때 시슬란의 입가에 떠오른 비웃음.

"그래? 그거 잘됐군."

시슬란이 수정구를 등대 불빛 속으로 밀어 넣었다. 아까 샤카라가 블랙 데몬을 소환할 때와 완전히 똑같은 방법이었다.

슈화아아악!

등대에서 태양보다 눈부신 빛이 쏟아져 나왔다. 앞서 블랙 데몬이 나타날 때보다 몇 배나 거대한 물기둥이 오아시스를 휘감으며 치솟았다.

그런데 이번의 물기둥은 단순한 물기둥이 아니었다. 이상하게도 피처럼 붉은색을 띠고 있었다.

그 이유는 곧 드러났다.

퍼퍼퍼퍼퍼펑!

하늘과 땅을 뒤집어 무너뜨릴 듯한 굉음이 물기둥을 산산조각으로 부수었다.

그 안에서 비산하는 물방울을 튕기며 드러난 것은 그 어떠한 성채의 첨탑 꼭대기보다도 더욱 높고 강건한 돛대, 마스트였다.

그 마스트에 매달린 피처럼 붉은 돛이 사막의 바람을 유린하고 있었다. 그 아래로 드러난 웅장한 선체는 마치 고대 전쟁의 신들의 작품을 보는 듯 우람하였다.

철컥, 철커덕!

포창이 일제히 열리며 한쪽 면에서만 무려 300문의 대포가 시커먼 포신을 드러냈다.

이윽고 오만하게 치솟은 타락 천사 선수상 위에 한 사내가 모습을 드러냈다.

"대관절 여긴 어디냐? 항해사! 항해사! 어서 위치를 확인해! 빨리빨리! 그리고 베르디스, 뭐 느껴지는 거 없어? 뭐? 저기 싸다 만 똥 덩어리처럼 생긴 열두 개의 돌덩이가 현기증의 원인이라고? 그럼 쏘면 될 거 아냐! 포격 준비해! 빨리빨리!"

그는 바로 블랙비어드 선장이었다.

물론 그가 타고 있는 배는 무적의 붉은 전투함, 가디언 베르디스였다.

그들의 돌연한 등장에 샤카라의 입이 떡 벌어졌다.

"말도…… 안 돼."

퍼퍼퍼퍼퍼펑!

300문의 포신이 일제히 불을 뿜었다.

융단폭격에 가까운 마나 포탄의 세례를 받은 열두 개의 경계석이 부서지고 깨져 흩어졌다. 허공을 날던 환영의 매가 희미해졌다. 신기루가 풀렸다. 그러자 그동안 현기증과 환각 때문에 완전한 힘을 발휘하지 못하던 제피가 굳건히 일어섰다.

『크워워워!』

제피는 블랙 데몬 10마리에 맞서서 용감히 싸웠다.

그러나 큰 타격을 줄 수는 없었다.

블랙 데몬의 몸을 둘러싼 검은 오라는 어떤 강력한 타격도 막아 낼 수 있었다. 제피의 막강한 힘마저도 거뜬히 버텨 내는 엄청난 방어 능력이었다. 게다가 동작이 빨라서 제피의 공격에 잘 맞지도 않았다.

『으켁! 뭐 이런 놈들이 다 있어!』

제피는 때리기 딱 좋은 커다란 표적으로 전락하고 말았다. 검은 오라 때문에 공격 자체가 통하지 않으니 한 방의 위력과 힘이 주 무기인 제피로서는 상성이 너무나 좋지 않은 상대였다.

보다 못한 시슬란이 나섰다.

샤아아아!

그림자와 그림자 사이의 공간을 이었다.

바로 자신의 발아래 드리운 그림자와 블랙 데몬의 그림자를 이어서 임시 통로를 만든 셈이었다.

시슬란이 순식간에 블랙 데몬의 등 뒤에 나타났다.

그의 손에서 뻗어 나온 그림자 끝에는 예의 붉은 수정구가 들려 있었다.

"잠깐 실례."

푸카앙!

그림자가 움직였다. 끝에 달린 수정구로 블랙 데몬의 등을 강타했다.

그 순간, 지금껏 굳건한 방어 능력을 보여 주던 블랙 데몬의 검은 오라에 균열이 생기고 말았다.

"크어억!"

갑작스러운 고통에 블랙 데몬이 화들짝 놀랐다.

검은 오라의 방어력만 믿고 등 뒤의 시슬란을 무시하고 있었는데, 설마 오라가 단숨에 깨질 줄은 꿈에도 몰랐던 것이다.

시슬란의 입가에 비웃음이 떠올랐다.

"그게 바로 문제야, 그대 같은 타입은. 자신이 한없이 단
단하다고 믿는 순간부터 쓸데없는 자만심이 생기거든."

낙월의 등대에서 정해진 횟수만큼 물질을 소환하기 전까
지는 절대로 깨지지 않는 수정구. 그 말은 곧 세상에서 가
장 단단한 물질 중의 하나일 수도 있다는 뜻이었다.

그리고 이 수정구는 아직 정해진 사용 횟수를 채우지 않
았다.

그러니 이것은 가장 단단한 무기!

콰직! 콰아악!

그림자가 연달아 움직였다. 수정구가 춤을 추며 검은 오
라를 집중적으로 두들겼다. 오라가 희미해지며 균열이 확
대되었다. 그리고 완전히 깨지고 말았다.

퍼억!

시슬란의 발길질에 블랙 데몬이 튕겨 날아갔다.

그곳에선 제피가 기다리고 있었다.

"제피."

『예입! 끝내 드리겠습니다요!』

콰아앙!

호두 깨는 망치처럼 제피가 블랙 데몬을 단숨에 짓뭉개
버렸다. 철석같이 믿었던 검은 오라를 잃어버린 블랙 데몬

은 이제 제피의 한 방에 으스러지고 말았다.

"저, 저게 무슨!"

"저놈부터 죽여라!"

남은 블랙 데몬 9마리가 시슬란을 향해 총공세를 펼쳤다.

그러나 그들은 시슬란을 너무 얕보았다.

샤아아아……!

블랙 데몬의 모든 공격이 빗나갔다. 기껏 빠르게 날아가서 시슬란을 잡았다 생각하고 나서 보면 자신이 때린 건 시슬란의 그림자에 불과했다.

그사이 그림자와 그림자 사이를 이동한 시슬란은 블랙 데몬의 빈틈에 뼈아픈 일격을 선사했다.

콰아앙!

수정구는 정말로 단단했다.

그걸로 때릴 때마다 블랙 데몬의 검은 오라가 퍽퍽 깨져 나갔다. 시슬란의 파상 공세에 놈들의 오라가 하나둘 사라졌다.

그렇게 방어 능력이 상실된 놈들은 제피의 좋은 먹잇감이 되었다.

『이걸로 마무리!』

쿠우웅!

마지막까지 버티던 블랙 데몬이 제피의 펑퍼짐한 엉덩이에 깔려 소멸당하는 것으로 치열한 싸움도 일단락되었다.

샤카라는 등대 위에서 그 모습을 모두 볼 수 있었다.

"말도…… 안 돼."

스르륵, 턱.

다리가 풀렸다.

자신이 어떤 존재에게 맞서려 했던 건지 깨닫게 되자 저절로 힘이 빠진 까닭이었다.

반항도, 도망도 불가능하다는 사실도 깨달았다.

'그냥 죽을까?'

붙잡혀서 고통 받을 바엔 그냥 죽는 게 나을 수도 있으리라.

그렇게 생각한 그녀는 단검을 목에 갖다 대었다. 그리고 단숨에 그어 버리려고 했다.

그러나 그마저도 그녀의 뜻대로 되진 않았다.

턱.

팔이 잡혔다.

돌아보니 시슬란이 바로 옆에 있었다.

"착각이 심한 것 같은데."

그의 무심한 눈길에는 명백한 비난의 빛이 담겨 있었다.

"그쪽이 저지른 일들은 그냥 목숨을 버리는 걸로는 해결이 안 된다는 생각, 해 본 적 없나? 하긴, 그런 생각을 떠올릴 사람이었다면 애초에 다른 사람을 고통에 몰아넣지도 않았겠지만."

푸확!

그의 어깨가 살짝 움직인다 싶은 순간, 샤카라의 전신에서 핏줄기가 솟구쳤다. 온몸이 무력해지는 순간이었다.

"커, 커헉!"

전신의 힘줄이 단숨에 끊어지고 말았다. 손가락 하나 움직일 수가 없었다.

"제, 제발 살려 줘!"

"그런 말은 내가 아닌 이 사람들에게 하도록."

샤카라를 질질 끌고 간 시슬란은 마테온의 사람들에게 그녀를 던져 버렸다.

"아……."

다가오는 사람들.

부모와 남편, 아내, 형제, 자식, 친구를 잃은 사람들이 천천히 그녀에게 다가왔다.

"아아……."

그녀가 할 수 있는 일은 아무것도 없었다.

돌멩이가 하나둘 날아오기 시작했다.

"사, 살려 줘! 잘못했어! 살려 줘! 아아아악!"

처음에 하나씩 날아오던 돌멩이는 점점 셀 수도 없이 많아졌다.

비명이 잦아들었다.

그것이 샤카라의 최후였다.

3

마테온이 해방되었다.

애초에 이솔라는 시슬란에게 이곳 마테온에 대해 설명할 때 이곳 사람들의 고통만 말했지 그들의 성격에 대해서는 말하지 않았다.

뜻밖에도 그들은 매우 열정적이었다.

"만세!"

"만세에! 자유다! 우린 자유야! 으하하하하!"

"끄하하하핫! 크하하하!"

실성한 것처럼 웃는 사람, 펑펑 울며 만나는 모두를 끌어안는 사람, 멍한 눈으로 하늘만 올려다보는 사람, 사람, 사람들……

짐승처럼 살며 억눌려 온 울분과 갖가지 감정이 모조리 터져 나오며 마테온의 거리는 광란의 도가니로 바뀌고 있었다.

그럴 수밖에 없었다.

이곳에 있는 모두는 납치당한 사람들이었다.

혹은 마적이나 도적 떼에게 습격당해 고향 자체를 잃은 사람들도 제법 있었다.

이런저런 참혹한 이유로 여기까지 팔려 왔다. 가축처럼 사육당하며 언제 죽을지 모를 나날만을 보내왔다. 완벽히 희망이 배제된 삶이었다.

그런데 전혀 기대하지도 않았던 자유가 찾아온 것이다.

게다가 그들을 괴롭히던 무리까지 일망타진되었으니 이보다 기쁜 일이 또 있을까!

"……."

베르디스호의 메인마스트(Mainmast) 꼭대기.

시슬란은 거기에 걸터앉아 있었다.

그런 그의 손가락엔 전엔 없던 반지 하나가 끼워져 있었다.

신비로운 검은 보석.

마나 크리스털로 만들어진 반지였다.

아까 샤카라와 블랙 데몬을 제압한 시슬란은 곧바로 마나홀을 해체했다.

단, 새로운 가디언은 베르디스에게 받은 타격이 큰 탓에 당장 정신을 차리지는 못했다. 그래서 잠시 쉬게 해줄 요량으로 마나 크리스털 반지 안에 흡수시켜 둔 상태였다.

이로써 세 번째 마나 크리스털을 손에 넣은 것이다.

그때였다.

"시슬란 님!"

아래쪽 갑판에서 누군가가 불렀다.

블랙비어드 선장이 다급한 얼굴로 동동거리고 있었다.

"무슨 일이지?"

"여기! 샤카라라던 계집의 품속에서 이런 걸 발견했습니다! 어서 와 보십시오, 빨리요!"

워낙 급한 성격의 선장이란 걸 알기에 딱히 중요한 걸 찾았을 거라는 기대는 하지 않았다.

선장이 찾아낸 것은 구깃구깃한 편지 봉투였다.

"이걸 읽으란 건가?"

"예, 어서 좀 보십시오."

편지 봉투에는 아무런 직인도 찍혀 있지 않았다. 심지어 보낸 이의 이름도 없었다. 오직 윈덤의 시슬란에게 보낸다는 말만이 휘갈겨 쓴 듯한 글씨체로 쓰여 있을 뿐이었다.

"이건 내게 왔어야 할 편지를…… 가로챘던 건가?"

그의 눈길이 다시 봉투로 향했다.

봉투는 지저분했다.

곳곳이 접히고 구겨져 주름이 진 것은 물론이고, 한쪽 귀
퉁이에는 갈색 얼룩이 진하게 묻어 있었다.

"……."

피다.

시슬란은 그게 핏자국임을 알아보았다.

구깃구깃한 편지지가 펼쳐졌다.

안에는 딱 세 마디가 쓰여 있었다.

　　도와줘. 여백님께서 역모의 누명을 쓰고 수도로 압
　송되셨어.

　　　　　　　　　　　　　　　　—야니카로부터.

그것은 야니카의 필체였다.

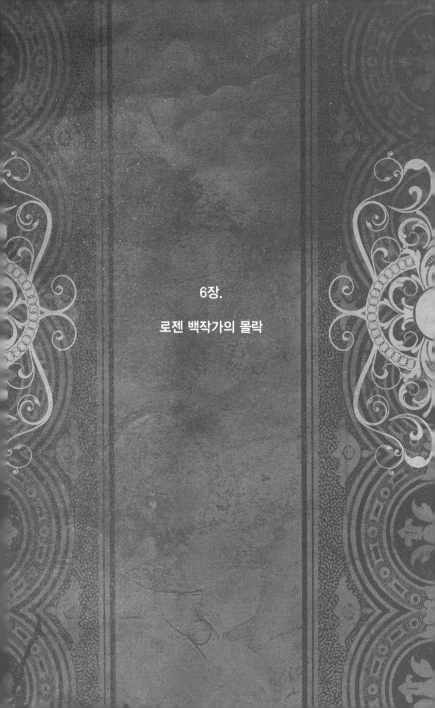

6장.

로젠 백작가의 몰락

1

"헉! 허억! 헉!"

야니카는 로젠 백작성 내부의 복도를 달리고 있었다.

그녀의 손에는 특유의 대검이 반 토막이 난 채 들려 있었다.

대검은 적들의 피로 범벅이었다.

그녀 자신도 곳곳에 상처를 입어 피를 흘리고 있었다.

피와 땀이 섞여 끝도 없이 흘렀다.

하지만 야니카는 달리는 것을 멈추지 않았다.

땀인지 눈물인지 모를 액체가 볼을 타고 흘러내렸다.

"……여백님!"

눈물로 흐려진 시야.

그곳에 방금까지 그녀가 겪었던 일들이 떠올랐다.

토르 왕국군이 로젠 백작령에 진군한 것은 보름 전의 일
이었다. 그들은 모습을 드러내자마자 로젠 백작성을 포위
했다.

그리고 국왕의 사자가 왔다.

청천벽력이 떨어졌다.

"짐은 로젠 백작가의 여백, 카탈리나 에스칸테 폰 로젠
에게 역모의 죄를 묻고자 한다."

역모.

이 한마디가 모두의 심장을 옥죄었다.

카탈리나가 반박했다.

자신과 이 영지는 국왕 폐하에 대한 충성심에 한 치의 흔
들림도 없노라고.

하지만 사자는 냉정한 얼굴로 병사 하나를 끌어왔다.

병사의 얼굴을 본 카탈리나가 창백해졌다.

그 병사는 원래 로젠 백작령의 병사였다. 그러나 얼마 전
술에 취해 영지민 아녀자를 강간하였다. 이에 카탈리나는
불같이 화를 내며 그 병사의 하물을 자르고 영지 밖으로 추
방해 버렸다.

그런데 그 병사가 국왕의 사자와 함께 돌아온 것이다.

병사가 카탈리나를 가리키더니 외쳤다.

나는 보았노라고.

로젠가의 여백이 신생 왕국 루나에 몰래 물자와 지원군을 보냈었노라고.

병사는 만일 자신의 말이 의심되면 로젠가의 영지민들을 심문해 보면 진실을 알 것이라 주장했다.

모두의 얼굴이 창백해졌다.

로젠 백작가가 시슬란의 왕국 루나를 지원한 것은 사실이었다. 몇 번인가 물자를 보낸 적도 있고, 귀족 연합군이 윈덤으로 침공한다는 소식을 듣고서는 기사 10명 정도를 파견하기도 했었다.

그런데 그게 문제였다.

토르 왕국은 그 귀족 연합군을 후원하고 있었다. 비단 토르 왕국만이 아니라 대부분의 인접국이 신생 왕국 루나를 눈엣가시처럼 여기는 분위기였다.

그런데 시슬란이 귀족 연합군을 쓸어버렸다. 그리고 토르 왕국의 봉신인 로젠 백작가는 조국의 적인 루나를 지원했다.

변명의 여지가 없었다.

그러나 카탈리나는 반박했다.

자신과 이 영지는 국왕 폐하에 대한 충성심에 한 치의 흔들림도 없노라고.

국왕의 사자가 차갑게 비웃었다.

"그렇다면 여백께서 반도들의 우두머리 시슬란과 맺은 장미의 맹약은 어떻게 설명하실 거요?"

시슬란이 그녀와 장미의 맹약을 맺었음을 아는 사람은 너무나 많았다. 감추려야 감출 수 없는 일이었다.

카탈리나가 반박했다.

"장미의 맹약은 본 가문의 사사로운 일. 그걸 가지고 역모를 주장하시는 건……."

사자는 차가운 비웃음만 지으며 돌아섰다.

"그래 봤자 이미 국왕 폐하의 마음은 기울었소. 순순히 죄를 시인할 하루의 시간을 줄 테니 부디 현명한 판단을 하시기를."

그날 저녁, 카탈리나는 스스로 자신의 두 손을 묶고 국왕의 군대 앞에 섰다.

그녀가 물었다.

자신이 얌전히 투항하면 로젠 가문을 향한 칼을 거두어 줄 수 있겠느냐고.

국왕의 사자가 고개를 끄덕였다.

그의 긍정은 곧 국왕의 긍정이나 다름없다.

그제야 안심한 카탈리나가 국왕의 군대에 투항했다.

그리고 국왕의 군대는 곧바로 약속을 어겼다.

로젠 백작가의 성벽이 허망하게 무너졌다.

* * *

야니카는 계속해서 복도를 달렸다.

"헉! 허억!"

모퉁이 몇 개를 지나 계속 달리자 막다른 길이 보였다.

뒤에선 거친 고함이 들렸다.

"그년의 핏자국이 여기 있다!"

"서둘러! 반드시 잡아라!"

국왕의 기사들이 뒤를 추격해 오고 있었다.

으드득!

그들을 떠올린 야니카가 이를 갈았다.

당장에라도 놈들을 쳐 죽이고 싶었다.

하지만 그럴 수가 없었다.

저들은 숫자가 많았다. 국왕의 기사들이니만큼 실력도
보통이 아니었다.

그래서 더욱 화가 났다.

저런 유능한 기사들이 야니카 한 사람을 두고서 합공을

했다. 기사라면 도저히 취할 수 없는 행동이었다. 게다가 저들은 카탈리나와 했던 약속마저 깨버리고 곧바로 백작성을 공격했다.

너무나 분해서 피눈물이 날 지경이었다.

그러나 야니카는 걸음을 멈추지 않았다. 복도의 막다른 길로 달려갔다. 복도 끝에는 고풍스러운 장식장이 있었다.

야니카의 주먹이 장식장 상단을 후려쳤다.

콰지직!

부서진 장식장 뒤편으로 손잡이가 보였다.

그걸 잡아당겼다.

쿠르르릉…….

장식장이 아래로 내려가며 뒤에 숨겨진 통로가 드러났다.

그녀는 통로 안으로 뛰어들었다.

통로를 감출 시간도 없었다.

"저기다!"

기사들이 그녀를 따라 어두운 통로로 들어갔다.

그리고 곧바로 선두의 기사가 시체가 되었다.

콰지직!

반쪽만 남은 야니카의 대검이 기사의 머리를 쪼개 버렸다. 먼저 어둠 속에 뛰어들었다가 뒤따라오는 기사에게 기습을 가한 것이다.

"빌어먹을 계집이!"

남은 기사들이 분통을 터뜨렸지만 야니카는 이미 통로 저편으로 사라진 후였다.

"후! 후욱!"

겨우 기사들과의 거리를 벌린 야니카는 정신없이 통로를 달렸다.

중간에 한 번, 갈림길이 나왔다.

아래쪽 길은 성 밖으로 통하는 탈출구였다.

하지만 그녀는 위쪽으로 달렸다. 이미 성 바깥은 완벽히 포위되어 있을 것이다. 지금 상황에서 탈출은 무의미했다.

얼마간 뛰자 통로가 끝났다.

그녀가 나온 곳은 로젠 백작성의 꼭대기였다.

그곳에는 수십 개의 새장이 준비되어 있었는데, 각각의 새장에는 잘 훈련된 비둘기가 있었다.

전서구였다.

그녀는 종이와 펜을 꺼내 급히 휘갈겨 썼다.

　도와줘. 여백님께서 역모의 누명을 쓰고 수도로 압
　송되셨어.

　　　　　　　　　　　　　　　　　—야니카로부터.

이어서 야니카는 봉투에 윈덤의 시슬란에게 보낸다고 쓰고는 아무 새장이나 꺼냈다.

일단 편지가 아무 연락소로 가기만 하면 된다.

그러면 연락소 길드는 봉투에 쓰인 대로 편지를 윈덤으로 보낼 것이다. 윈덤에서 시슬란을 모르는 사람은 없었다.

'제발, 편지가 무사히 전해지기를!'

푸드드득!

전서구가 날아올랐다.

그 직후였다.

"여기 있다! 잡아라!"

통로에서 그녀를 놓쳤던 기사들이 기어코 이곳에까지 들이닥쳤다.

와드득.

야니카가 반 토막 남은 대검 손잡이를 움켜잡았다.

이제 더 이상 도망갈 곳은 없다.

"끼야아아아악—!"

야니카는 비명 같은 기합성을 내지르며 기사들을 향해 정면으로 달려들었다.

그녀는 기사 다섯 명을 맞아 용감하게 싸웠다.

시슬란의 표정이 굳었다.

'이런 일이······.'

가슴 한쪽이 서늘해지는 기분이었다.

전혀 신경도 쓰지 못한 사이에 로젠 백작가에 그런 참화가 닥칠 줄은 꿈에도 몰랐다.

역모의 죄를 덮어쓰고 수도로 압송되다니.

카탈리나와 야니카의 목숨이 아직 안전하다 장담할 수도 없는 상황이었다.

"당장 토르의 수도로 가야겠군."

그날 밤, 베르디스호는 사막 도시 마테온의 오아시스를 떠나 토르의 수도 토르카가 있는 북해로 향했다.

그것이 샤카라로부터 빼앗은 붉은 수정구의 마지막 사용이었다. 그 세 번째 사용을 끝으로 그토록 단단하던 수정구는 가루가 되어 부서지고 말았다.

그리고 시슬란은 다짐했다.

만약 카탈리나와 야니카, 두 사람에게 무슨 일이 생겼다면 토르의 수도 토르카도 저 수정구처럼 가루로 만들어 줄 것이라고.

2

토르 왕국의 수도 토르카는 일명 '얼음 항구'라 불린다.

달리 이유가 있는 것이 아니다.

솔라리스 대륙에 존재하는 모든 항구 중에서 가장 최북단에 자리한 이 항구엔 명물이 있었다.

바로 얼음 절벽 부두였다.

무려 250미터 높이의 천연 얼음 절벽이 북해의 차가운 파도에 맞서 수직으로 우뚝 서 있었다.

항구는 그 절벽 위에, 도시는 절벽 아래에 있었다.

다시 말해 비어 있는 세숫대야처럼 오목한 안쪽에 도시가 있고, 그 주변으로 높은 얼음 절벽이 둘러서 있다. 그리고 바다는 절벽 꼭대기와 같은 높이에 있었다.

정상적인 도시의 배치와는 정반대다.

조금만 파도가 높아지면 무려 250미터의 절벽 위에서 도시가 바다로 침수될 수도 있는 것이다.

그러나 얼음 항구의 기나긴 수백 년 역사에서 침수가 일어난 적은 한 번도 없었다. 개국 당시의 대마법사이자 초대 로젠 여백이 만들어 준 마법진이 바닷물의 침입을 영구적으로 방어할 수 있는 기능을 하기 때문이다.

그 덕분에 토르카의 사람들은 얼음 절벽을 유용하게 사용하였다.

얼음 절벽 내부에는 넓고 곧은 통로와 수많은 창고가 만들어져 있었다.

그 장점은 실로 대단했다.

부두 주위에 따로 시설을 건설하여 도시의 면적을 희생할 필요 없이 부두를 이루는 거대한 절벽 전체가 엄청난 크기와 높이의 부두 시설이 되는 셈이었으니까.

또한, 이러한 구조는 외적의 방어에도 유리했다.

바다 반대편, 육지에서 적이 침입할 때면 높은 부두는 그 자체로 훌륭한 포대가 되어 주었다. 그 위에서 가하는 사격과 포격은 실로 위력적이었던 것이다.

때로 혹자는 함대로 얼음 절벽 위를 점령하고 도시에 화살과 포탄을 쏟아부으면 될 것이라 말하기도 했다.

그러나 그 말이 실현된 적은 한 차례도 없었다.

토르의 막강한 무적함대 덕분이었다.

무려 순수 전투함 50척의 대선단으로 이루어진 무적함대는 어떠한 외적의 접근도 허락하지 않았다.

덕분에 얼음 항구 토르카는 토르의 수도로서 난공불락의 요새로도 잘 알려져 있었다.

하지만 오늘, 그 난공불락의 명성에 처음으로 금이 가는 일이 발생하려 하고 있었다.

*   *   *

"음? 저거 이상합니다?"

토르 무적 2함대 소속 4번 함 블루웨일호의 수병 아이젠은 망원경을 보다가 고개를 갸웃거렸다. 방금 자신이 무얼 잘못 보았나 싶은 생각이 들었던 것이다.

"뭔데?"

함께 망대에서 주변을 감시하던 동료 수병 플로가 물었다.

아이젠은 말없이 망원경을 그에게 건넸다.

"대체 뭘 봤기에 그러…… 음?"

플로의 눈도 휘둥그레졌다.

"저, 저게 뭐야?"

망원경을 통해 보이는 광경은 참으로 이질적이었다.

저 멀리 수평선 너머에서부터 붉은 안개가 넘실거리며 달려오고 있었다.

거리가 멀기에 그저 꿈틀거리는 것처럼 보였지만 붉은 안개의 속도는 엄청나게 빨랐다. 보통의 선박은 물론이고 근처를 날던 신천옹보다도 빠른 것 같았다.

밤하늘이 피처럼 붉다.

오늘은 안개가 낄 날씨도 아니다.

게다가 안개는 저 한 지점에만 기이하게 모여 있었으며, 이쪽을 향해 빠르게 접근 중이었다.

아이젠과 플로, 두 수병의 얼굴에 불안감이 깃들었다.

둘은 서로를 돌아보았다가 고개를 끄덕였다.

아이젠이 작은 망치를 들고는 망대 옆에 매달린 구리종을 힘차게 세 번 쳤다.

짧은 간격으로 종을 세 번 치는 것은 함대에 위협이 될 요소가 이쪽을 향해 접근한다는 뜻이다.

뎅—! 뎅—! 뎅—!

수석 항해사와 선장이 갑판으로 나왔다.

"무슨 일인가, 아이젠?"

"예, 캡틴. 서쪽 수평선에서 이상한 게 보입니다."

선장이 자신의 망원경으로 서쪽을 살폈다.

"으음……!"

선장의 표정도 변했다.

곧이어 블루웨일호에서 나머지 2함대 전체를 향해 긴급 신호의 깃발이 올라갔다.

무적 2함대에 비상이 걸렸다.

그사이 붉은 안개는 2함대의 지척에 다다랐다.

포창이 열리고 만반의 발사 준비를 끝마친 검은 포신이 머리를 내밀었다.

함대가 붉은 안개에 휩싸인 것은 그 무렵이었다.

쐐애애애애애액—!

붉은 안개의 권역에 들어가자 시계(視界)가 불투명해졌다.

바로 옆 사람의 모습이 보이지 않을 정도였다.

"정신 차려라! 당황하지 말고 명령을 기다려라!"

장교들의 외침이 곳곳에서 터져 나왔다.

함대의 수병들은 떨리는 몸을 억지로 억눌렀다.

원래 뱃사람들은 미신에 대한 집착이 굉장히 강하다. 배 한 척에 의지해 험한 바다와 맞서는 생활이 절로 그들을 그렇게 만들었다.

그렇기에 지금처럼 본 적도, 들은 적도 없는 기이한 붉은 안개에 휘감긴 이런 사태는 뱃사람들에겐 악몽, 그 자체나 다름없는 일이었다.

그러나 무적함대는 무적함대였다.

장교들도, 수병들도 뱃사람이기 이전에 무적함대의 일원이라는 자부심을 지니고 있었다.

자부심이 공포를 억눌렀다.

비명을 지르거나 자리를 이탈하는 수병은 아무도 없었

다.

쐐애애애애애액—!

비명에 가까운 소음만이 끔찍하게 울려 퍼지는 가운데 수병들은 극도의 긴장을 참으며 명령을 기다렸다.

일 초가 한 시간 같았다.

비명은 세상이 끝날 때까지 영원히 이어질 것 같았다.

그러다가 어느 순간 소리가 뚝 끊겼다.

"⋯⋯어?"

수병 아이젠은 눈을 끔벅거렸다.

시야를 온통 가려 버리던 붉은 안개가 순식간에 걷히고 따가운 햇살이 눈을 찔렀던 것이다.

"뭐, 뭐지?"

당황한 그는 자신의 팔다리부터 살폈다.

다행히 사지는 멀쩡했다.

털끝 하나 다친 곳이 없었다.

주변의 동료 수병들도 마찬가지였다.

그들은 자신이 지을 수 있는 얼빠진 표정의 끝을 보여 주고 있었다. 누가 더 얼빠진 표정을 지녔는지 경쟁을 시켜도 좋을 것 같았다.

그때였다.

"저, 저쪽⋯⋯."

동료 수병 누군가가 한쪽을 가리켰다.

모두의 시선이 그쪽으로 돌아갔다.

거기에 붉은 안개가 있었다.

안개는 아무런 일도 없었다는 듯 2함대를 그대로 통과하여 이미 저만치 멀어지는 중이었다.

"하아."

그걸 보자 아이젠은 저도 모르게 긴장이 풀렸다.

붉은 안개에 갇혔을 때는 정말로 이대로 죽는 게 아닌가 싶은 생각마저 들었던 것이다.

곳곳에서 다리가 풀린 선원들이 저도 모르게 자리에 주저앉았다.

뒤늦은 식은땀이 등을 축축하게 적셨다.

3

쐐애애애애애액—!

2함대를 지나친 붉은 안개는 계속해서 서쪽으로 내달렸다. 그렇게 얼마간 달리자 저 멀리 수평선 어름에 부두가 보이기 시작했다.

얼음 항구 토르카였다.

붉은 안개는 그곳에서 멈추어 섰다.

극적인 변화가 시작되었다.

슈우우우…….

붉은 안개가 뭉쳐서 하나의 형태로 고정되어 갔다.

그것은 전투함이었다.

거대한 몸집, 하늘을 찌를 듯 위압적인 마스트, 피처럼 붉은 돛, 엄청난 숫자의 포열, 그럼에도 극도의 기능미를 드러내는 매끈하게 빠진 동체의 옆구리까지…… 전투함의 모습은 그야말로 완벽, 그 자체였다.

철컹! 촤르르륵……!

얼음 항구가 아슬아슬하게 보이는 지점에서 전투함이 바다에 닻을 내렸다.

그리고 이윽고, 적을 향해 서슬 퍼렇게 검과 방패를 치켜든 살인귀 타락 천사 선수상 위로 한 남자가 모습을 드러냈다.

시슬란이었다.

"저들은 여길 볼 수 없나?"

그가 저 멀리에 있는 얼음 항구를 보며 질문을 던졌다.

베르디스의 대답이 돌아왔다.

『걱정 마. 약간의 안개는 여전히 남아서 바깥의 시야를 굴절시키고 있으니까. 밖에서 보자면 이곳 주변의 하늘이 약간 불그스름하게 보인다는 느낌밖에 받지 못할 거야.』

"그거 다행이군."

다행이라는 말과 달리 그의 얼굴에는 표정이라곤 없었다. 얼음 항구를 보는 그의 눈길은 얼음보다도 더욱 차가웠다.

'저곳 어딘가에 그녀가 잡혀 있겠지?'

지금 이 순간 시슬란에게 토르카는 얼음으로 만들어진 거대한 감옥에 불과했다. 절대로 건드려선 안 될, 그의 은인인 카탈리나를 가두고 억압하고 있는.

사실 이곳까지 오는 동안 이번 사태의 원인이 무엇일까 고민했던 시슬란이었다. 그 결과 얻은 결론이 하나 있었다. 토르의 왕실은 로젠 백작가가 역모를 저질렀다고 생각하지 않는다는 것이었다.

역모는 핑계에 불과하리라.

토르 왕국의 우환거리였던 서부의 스카나 족.

그들이 지난번 시슬란의 활약 덕분에 토벌된 것이 이번 사태의 가장 근본적인 원인일 것이다.

'사냥이 끝나면 사냥개는 더 이상 필요하지 않으니까.'

애초에 로젠 백작가의 역할이 스카나 족의 진출과 확장을 막는 것이었음을 감안할 때, 스카나 족이 사라진 시점에서부터 로젠 백작가의 강성한 군사력은 토르 왕실의 입장에서 보자면 불필요한 것으로만 여겨졌을 것이다.

아니, 오히려 지나친 힘을 가진 신하는 위협으로까지 느껴졌을 터.

역모라는 구실을 붙여 꺾어 버리는 것도 충분히 매력적인 선택이 되었으리라.

"하지만 실수한 거야."

시슬란은 진심으로 토르 왕실에 혐오감을 느꼈다.

언제는 필요하니까 중용하고 대우하다가 필요가 사라졌다고 다 씹은 사탕수수처럼 내뱉어 버리는 그런 태도가 너무나 싫었다. 필요 때문에 사람을 대하고 필요 때문에 사람을 버리는 그런 방식에 진심으로 환멸을 느꼈다.

"대체 어떤 낯짝을 지니고 있는지, 한번 직접 만나 봐야겠지."

시슬란이 선수상을 밟고 일어섰다.

어느새 조금씩 눈송이가 떨어지고 있었다.

차츰 그의 실루엣이 흩날리는 눈송이 사이로 녹아들었다.

"이곳에서 기다리도록."

그 말을 남긴 그는 붉게 물든 밤안개와 눈바람 사이로 녹아들었다. 어둠보다도 더욱 깊은 어둠이 도시로 스밀 때까지 토르카 항구의 누구도 그의 접근을 알아차리지 못하였다.

그는 오늘 밤 토르의 국왕을 만나 볼 생각이었다.

4

"으앙! 으아앙! 싫어! 싫어어! 어마마마 볼 거란 말이
야!"

"전하, 이러시면 아니 됩니다."

"전하, 고정하시옵소서."

"싫어어어어!"

와장창!

동부에서 수입한 귀한 도자기가 박살 났다.

올해로 7살인 꼬마 라일레안은 여느 미운 7살처럼 혈기
가 넘치다 못해 두통을 유발할 정도로 감당이 안 되는 성격
이었다. 그런 꼬마 소년이 한밤중에 심술이 났다. 울고불고
발버둥 치며 소란을 피웠다.

보통의 7살 꼬마가 있는 집이라면 흔한 풍경이었다.

그러나 이곳은 흔한 집이 아니었다.

꼬마도 평범한 7살 꼬마가 아니었다.

이곳은 바로 토르의 왕실.

그것도 국왕의 침실.

꼬마는 토르의 국왕이었다.

국왕이 한밤중에 엄마가 보고 싶다며 난리를 피우고 있는 것이다.

그런 때 아닌 난리에 시녀들만 죽을 맛이었다.

"전하, 제발 고정하세요. 선왕비께서 당부하신 바가 있지 않습니까?"

"몰라! 난 그딴 거 몰라! 모른다고!"

"전하."

"내가 왜 어마마마를 못 만나는 건데? 왜? 왜 내가 스무 살이 될 때까지 어마마마를 만나선 안 되는 건데? 왜? 왜? 왜? 응? 싫어! 싫어어어! 싫다고!"

꼬마 국왕은 침대 위를 구르며 계속해서 난리를 피웠다.

시녀들은 말리지도 못하고 쩔쩔매기만 했다.

그때 젊고 덩치 큰 기사 하나가 국왕의 침실로 들어왔다.

"전하, 이러시면 안 됩니다."

"……타일러?"

"예, 접니다. 타일러입니다."

"어마마마가 널 보낸 거야?"

"그렇습니다."

기사 타일러의 대답에 꼬마 국왕의 울음이 그쳤다.

"어마마마가 뭐라셨어?"

"얌전히 기다려라. 그렇지 않으면 스무 살이 아니라 평생 보지 않을 것이다……라고 말씀하셨습니다."

"뭐? 그게 뭐야!"

꼬마 국왕이 놀라 소리를 빽 질렀다.

어느새 꼬마의 눈에는 눈물이 그렁그렁 맺혀 있었다.

그런 꼬마 국왕을 보는 기사 타일러의 얼굴에 수심이 어렸다.

'가엾으신 분. 선왕비께서는 대체 무슨 생각으로…….'

그는 오늘의 이런 사태를 만든 선왕비를 생각했다.

선왕비는 토르카의 사람들에게 얼음 군주라 불리고 있었다. 냉정하고 잔혹한 성격 때문이었다.

사실 그녀가 원래 냉정한 성격이었던 것은 아니다.

2년 전까지만 해도 선왕비는 자애롭고 인자하다는 세간의 평가를 받고 있었다.

그러나 2년 전 그날 이후 모든 것이 바뀌었다.

국정을 주재하던 선왕 로투아누 4세가 갑자기 쓰러져 죽음을 맞이했다.

그날부터였다.

로투아누의 아내였던 선왕비는 지극히 냉정한 성격으로

사람이 싹 바뀌었다. 그녀는 발 빠르게 움직여 다른 후궁들을 모두 왕궁 밖으로 쫓아내고 그들을 지지하던 일부 귀족 세력들까지 과감하게 도태시켜 버렸다.

로투아누 4세가 붕어한 지 고작 한 달.

선왕비는 당시 5세였던 자신의 아들 라일레안을 국왕으로 올리고는 수렴청정을 선포하였다.

수렴청정.

나이가 어린 국왕을 대신하여 선왕비가 나라를 통치한다는 뜻이다.

그렇게 그녀는 토르의 모든 권력을 움켜쥐었다.

그때부터였다.

선왕비는 자신의 아들인 라일레안을 만나지 않았다.

아이가 아무리 떼를 써도 꿈쩍도 안 했다.

장차 강하고 현명한 왕으로 키우기 위해, 스무 살이 되어 제왕 수업을 끝마치기 전까지는 자신을 볼 생각을 하지 말라는 말만 전했을 뿐이다.

그를 두고 말들이 많았다.

혹자는 선왕비가 아들을 허수아비로 내세우고 왕국 전체를 휘어잡으려는 야심가로 돌변했다고 말하기도 했다. 심지어 누군가는 선왕비가 로투아누 4세를 독살했을 거라 숙덕거렸다.

하지만 그러한 세간의 평가에도 선왕비는 흔들리지 않았다.

그리고 숙청이 시작되었다.

선왕비는 자신을 향해 의심을 보내는 세력들을 하나하나 제거하기 시작했다. 그녀에게 찍히고 살아남은 이는 아무도 없었다.

그럼에도 누구도 선왕비를 성토하지 못했다. 죽은 이들은 모두 죽을 만한 이유를 지니고 있었기 때문이다. 모두가 선왕비의 적절하고 교묘한 안배 덕분이었다.

그렇게 2년이 지나가자 더 이상 그녀를 두고 딴소리를 하는 이들이 없게 되었다.

비로소 토르는 안정을 되찾는가 싶었다.

하지만 선왕비는 다시 일을 벌였다.

개국 공신의 후손이며 왕국의 서부를 지키는 황혼의 방패, 로젠 가문을 역모로 지목하였던 것이다.

"그래, 일은 어찌 되었느냐?"

화려한 실내.

한마디로 이 방에 있는 모든 물건은 가히 예술품이나 마찬가지였다.

한 나라의 최고 권력자에게나 허락될 호화로움.

그러나 이곳에서는 그게 당연했다.

바로 이곳이 선왕비의 거처인 까닭이었다.

그런 거처의 한쪽.

그곳에는 천장에서부터 바닥까지 얇은 실크 휘장이 드리워져 있었다. 그 휘장마저도 동부의 메르텡 지방에서만 생산되는 최고급의 르단 실크에 금실과 보석으로 자수를 놓은 것이었다.

타일러는 휘장을 향해 정중히 무릎을 꿇었다.

"당부하신 일은 잘 처리되었습니다. 로젠 여백은 알카즈 감옥 최하층에 수감되었으며, 그녀를 따르는 장미 기사단도 다리를 분질러 독방에 가두었습니다."

"잘하였다."

실크 휘장 뒤에서 여인의 나른한 음성이 들려왔다.

타일러가 어깨를 부르르 떨었다.

저 음성을 들을 때마다 몽롱해지는 기분이 들었다.

"그만 물러가거라."

여인의 음성이 울리자 타일러는 예를 갖추고 몸을 일으켜 밖으로 나갔다. 어느새 그의 다리는 살짝 풀려 있었다.

실내에는 여인 혼자 남았다.

하지만 그녀는 자신의 앞을 가린 실크 장막을 걷어 올리지 않았다.

그녀는 여전히 타일러가 무릎 꿇고 있던 자리를 주시했다.

타일러는 이미 자리를 떠난 지 오래.

하지만 그의 그림자는 자리에 여전히 남아 있었다.

이건 정상적인 일이 아니다.

그럼에도 여인은 전혀 당황하지 않았다.

오히려 그림자를 노려보며 서릿발 같은 목소리로 낮게 꾸중했다.

"그대는 누구이기에 감히 이곳에 침입한 것인가?"

그녀의 물음이 끝난 직후였다.

샤아아아…….

그림자가 기이하게 뒤틀리기 시작했다.

그 속에서 한 남자가 모습을 드러냈다.

시슬란이었다.

7장.

선왕비의 부탁

1

치아앙!

시슬란의 모습이 드러난 것과 검 뽑는 소리가 난 것은 거의 동시의 일이었다.

언제나 은밀히 여인을 보호하는 6인의 호위가 그림자 속의 남자를 향해 검격을 날린 것이다.

그들의 검은 기사의 것이라기보다는 암살자의 것에 가까웠다. 게다가 타일러는 근위 기사였다. 그럼에도 이들의 존재를 알아차리지 못했다. 이들 6인은 근위 기사조차도 기척을 감지하지 못할 정도의 실력자들이었다.

그러나 오늘은 상대를 잘못 만났다.

쉬릭, 쉬리릭!

시슬란이 몸을 흔들자 그들의 검은 시슬란에게 스치지도
못했다.

"비켜라."

샤아아아!

그의 단호한 말과 동시에 호위의 그림자가 폭풍에 휘말
리듯 제멋대로 흔들렸다. 그림자가 흔들리자 그들의 몸도
똑같이 날아가 버렸다.

콰당! 쾅!

6인의 호위는 제각기 날아가 천장과 벽에 강하게 부딪혔
다. 몇몇에게서 뼈 부러지는 소리가 났다. 그럼에도 신음
한마디 흘러나오지 않았다.

그들은 넘어진 것보다 더 빠르게 일어나서 다시 시슬란
을 향해 쇄도했다.

하지만 그들은 더 이상 시슬란을 공격하지 못했다.

어느새 시슬란이 실크 휘장 바로 앞에 서 있었기 때문이
다.

살랑.

충격의 여파가 실크 장막을 하늘하늘 흔들리게 하였다.
장막 아래로 여인의 아래턱과 입술 근처가 얼핏 보였다.

그녀의 입술은 희미한 미소를 머금고 있었다.

"다들 검을 거두어라."

그녀의 말이 떨어지기가 무섭게 호위들이 동작을 멈추었
다.

그녀의 웃음이 짙어졌다.

"그대가 시슬란인가요?"

"……."

"놀랐나요? 로젠 백작가에서 지내던 도중 스카나 족과의
전쟁에서 결정적인 역할을 했고, 그 후로 홀연히 사라졌던
시슬란이라는 이름의 남자……. 어쩌면 로젠 백작가의 가
주가 큰 곤경에 처하면 이렇게 찾아올지도 모른다고 예상
하고 있었죠."

"……그대가 선왕비요?"

"맞아요. 자, 앉으시죠."

선왕비는 갑자기 찾아온 시슬란을 맞아 전혀 당황하는
기색이 아니었다.

시슬란은 선왕비의 맞은편에 마주 앉았다.

선왕비가 주춤거리고 있던 호위들을 돌아보았다.

"아무 일도 없을 터이니 제자리로 돌아가 있거라."

"……."

호위들은 소리도 없이 자취를 감추었다.

시슬란은 솔직하게 그들을 평했다.

"좋은 호위를 두었소."

"과찬이죠."

시슬란과 선왕비는 얇은 실크 장막 한 장을 사이에 두고 한동안 말없이 서로를 응시했다.

먼저 말을 꺼낸 쪽은 선왕비였다.

"내가 어떻게 그쪽이 올 것을 예상했는지 놀랐나요?"

"그렇소."

시슬란은 솔직하게 시인했다.

설마 자신의 방문을 예상하고 있을 것임은 생각지 못했다.

"어떻게 안 거요?"

선왕비의 입가에 묘한 미소가 피어났다.

"내가 불렀으니까요."

"불렀다? 나를?"

"그래요."

"……."

시슬란은 잠시 선왕비를 쳐다보았다.

"쯧, 내가 놀아났군."

그는 미소 짓는 선왕비를 보며 혀를 찼다.

자신이 올 것을 예상하고 있었다.

어떻게 알았냐고 물으니 불렀다고 한다.

불렀다?

적어도 그가 이곳으로 온 동기는 카탈리나를 구하겠다는 목적밖에 없다.

그렇다면 그를 불렀다는 선왕비의 말은 로젠 백작가가 역모로 지목된 사건 자체가 시슬란을 부르기 위함이었다는 말이 된다.

"고작 나를 부르기 위해 개국 공신의 가문에 역모의 누명을 씌웠소? 너무 무리한 것 같은데."

"무리가 아니죠. 이쪽에선 손해 볼 일이 없으니까."

"어떻게?"

"나는 오늘 그대와 비공식적으로 몇 가지 협상을 할 거예요. 물론 결론은 평화적으로 나겠죠. 그 평화적인 결말 중에는 로젠가에 씌워졌던 역모의 혐의가 풀렸도다……라는 이야기도 포함되어 있을 테고요."

"당연히 세상은 우리가 이렇게 만나 협상을 벌였다는 사실을 영원히 모를 테고?"

"바로 그거죠. 한번 뜨거운 맛을 봤으니 로젠 가문을 포함한 다른 가문들도 최소한 향후 수십 년간은 딴마음을 먹지 않겠죠. 게다가 서부의 스카나 족이 몰락한 지금 시점에서 로젠 가문은 필요 이상으로 강성해졌어요. 너무 강한 신하는 종종 내 심장을 겨누는 칼이 되죠. 후후…… 그 칼날을 무디게 만들었으니 일거양득이기도 하죠."

"독하군."

"이게 정치죠."

선왕비는 추호의 흔들림도 보이지 않았다.

통치를 위해 개국 공신의 가문에게도 서슴없이 역모의
죄를 씌워 버린다. 그를 통해 정치적인 입지를 다지고 신하
와 봉신들의 마음을 마음대로 조종한다. 그럼에도 신하와
봉신들은 자신들이 어떻게 끌려가는지 자각하지도 못한다.

'수완이 대단한 여자군.'

실로 철혈의 여인이라는 생각이 절로 들었다.

시슬란이 물었다.

"그런데 날 부른 이유가 협상을 위해서라고 했소?"

"그래요."

"무슨 협상을?"

"들어 보실래요?"

사라락.

실크 장막이 걷혔다.

처음으로 그녀의 얼굴이 드러났다.

선왕비는 의외로 매우 젊은 모습이었다.

많이 쳐줘 보았자 20대 중반을 넘기지 않을 것 같았다.

시원하게 뻗은 눈썹 아래로는 호수처럼 맑은 눈동자가

고집스러운 빛을 머금고 있었고, 콧날은 다소곳하게 뻗어 연분홍빛 입술을 더욱 돋보이게 해주었다. 턱 선은 갸름하여 절로 단아한 인상을 주었다.

선왕비가 가녀린 상체를 내밀어 시슬란에게 바짝 다가왔다.

아찔한 향기가 물씬 풍겼다.

그녀의 입술에서 나온 단내가 시슬란의 귓가를 간질였다.

"이제부터는 조용히 목소리를 낮추세요. 한 가지 묻겠어요. 그대가 윈덤 성 지하의 금지된 마법 실험실을 발견하고 파괴한 장본인이 맞나요?"

2

시슬란의 눈썹이 꿈틀거렸다.

선왕비의 속삭임은 달콤하면서도 서늘했다.

"나는 그대를 알아요. 그대가 어디서 나타났는지, 지금까지 어떤 행보를 보였는지, 그대의 생각보다도 많은 것들을 알고 있죠. 후후……. 윈덤 성에 나타난 초거대 골렘과 대적한 이는 바로 그대였죠. 그것뿐일까요? 그대가 처음 로테르담 항구에 도착했을 때 그대는 블랙애로우호라는 해적선과 해적들을 고용했죠. 하지만 그 배를 타고 떠났다가 다시 로테르담으로 돌아왔을 때 블랙애로우호는 없었어요. 선장과 선원들 일부는 그대로였지만 배는 정체도 모를 거대한 붉은 전투함으로 바뀌어 있었죠. 그러나 더욱 흥미로운 사실은, 그대가 처음 로테르담을 출발한 이후 그 어떤 항구에서도 그대를 본 사람이 없었다는 거예요. 즉, 바다 한가운데에서 붉은 전투함을 얻어 로테르담으로 돌아왔다는 이야기죠. 흥미롭지 않나요?"

"……."

"게다가 그대의 등장도 그에 못지않게 흥미롭죠. 왜냐고요? 로젠 백작령, 그곳에 있는 솔레논 호수. 그 호수에서 있었던 월식 직후에 그대가 처음으로 사람들 앞에 나타났죠. 흥미롭게도 그 이전에는 그 누구도 그대를 보았다 증언한 이가 없어요. 한마디로 그대는 월식과 함께 세상에 모습을 나타냈다는 뜻이죠."

"나와 관련된 많은 것을 알고 있군."

"그래요. 그대가 윈덤 지하 실험실을 부쉈다는 걸 우연히 알고는 그때부터 조사에 많은 공을 들였죠."

"그래서 말하고 싶은 게 뭐요?"

그녀를 보는 시슬란의 눈빛은 냉랭하다 못해 한기가 뚝

뚝 떨어질 지경이었다.

선왕비가 더욱 화사하게 웃었다.

"우선 이걸 보세요."

그녀가 방 한쪽의 커튼을 올렸다.

커튼 뒤에는 어린 소년이 기둥에 묶인 채 잠들어 있었다.

"이건?"

시슬란이 눈살을 찌푸렸다.

선왕비가 비웃었다.

"설마 이걸 그저 평범한 어린아이로 보는 건 아니겠지요?"

그녀가 허리에 감고 있던 자신의 벨트를 풀자 벨트가 채찍으로 변했다.

쫘아악—!

선왕비의 채찍이 소년의 가슴을 때렸다. 살갗이 찢어지며 피가 튀었다. 갑작스러운 고통에 소년이 눈을 부릅떴다.

"으으악!"

하지만 선왕비의 손에는 자비가 없었다.

"자, 어서 너의 실체를 보여라!"

촤악! 짜아아악!

소년은 금방 피투성이가 되었다.

"으으…… 아아악! 그만! 그마안!"

보다 못한 시슬란은 선왕비를 제지하려 했다.

그때였다.

쿠우우우……!

돌연 소년에게서 비정상적인 기운이 느껴지기 시작했다.

소년을 돌아본 시슬란의 표정이 굳었다.

'채찍에 벌어진 상처가…….'

저절로 아물고 있었다.

변화는 그것뿐만이 아니었다.

"크으으으으!"

소년의 목덜미 어름에서 붉은빛이 뿜어져 나오기 시작했다.

동시에 소년의 몸이 극적으로 변화했다.

여리던 몸이 순식간에 근육질로 탈바꿈되었다.

"크으아악!"

투두둑!

굵은 밧줄이 너무나 손쉽게 끊어졌다.

소년은 그대로 선왕비를 덮쳤다.

"크아악!"

하지만 소년은 뜻을 이룰 수 없었다.

어느새 다시 모습을 드러낸 선왕비의 호위들이 앞을 막아섰기 때문이다.

"물러나십시오."

6인 중에서 두 사람이 앞으로 나섰다.

상대의 기세에 움찔한 소년이 잠시 멈칫했다.

호위는 그 틈을 놓치지 않았다.

서걱!

호위의 검이 소년의 어깨를 베었다.

어깨에서 피가 튀었다.

호위의 눈빛이 거칠어졌다.

'얕았나?'

원래는 목까지 한 번에 베어 버리려 했다. 그리고 분명히 깊게 베었다. 그런데 결과는 달랐다. 검은 소년의 어깨를 반쯤 갈랐을 뿐이었다. 생각 외로 근육이 질긴 탓에 검에 실린 힘이 잘 전달되지 못한 까닭이었다.

상처를 입은 소년이 다시 날뛰기 시작했다.

"크아아악!"

예의 목덜미의 붉은빛이 더욱 환해지며 소년의 몸이 다시 한 번 변했다.

투두두둑!

근육이 더욱 단단해졌다.

동시에 소년의 얼굴에 하나둘 주름이 생기기 시작했다. 머리칼도 조금씩 하얗게 변했다. 그만큼 소년의 힘과 광기는 더욱 강해졌다.

결국 호위 네 사람이 달려들어서야 소년의 목을 벨 수 있었다.

서걱, 투둑…….

잘린 소년의 목이 시슬란의 발치까지 굴러왔다.

"……."

소년은 이미 소년이라 부르기 힘든 얼굴을 하고 있었다. 주름과 피부, 머리칼 상태가 마치 50대 중반의 남자를 보는 것만 같았다.

"후우우, 아끼던 집기들이 박살 나버렸군요. 한 번의 시연을 위해서 치른 대가치고는 너무 씁쓸한데요?"

소년의 난동 때문에 호화롭던 집기들 대부분이 쓰레기로 변해 버렸다. 선왕비가 손짓하자 시종들이 들어와 부서진 집기들을 치웠다. 하지만 선왕비는 자신의 말과 달리 집기들에 아무런 미련도 가지지 않은 듯 그쪽은 한 번도 돌아보지 않았다.

그녀의 관심은 오로지 시슬란의 반응에 쏠려 있었다.

"어때요, 보신 감상이?"

시슬란은 발치에 굴러온 소년의 머리를 보며 말했다.

"이건…… 사람이 아닌가?"

"사람은 맞아요."

"그럼 뭐지?"

"당신도 충분히 봤을 텐데요? 윈덤의 지하에서."

윈덤의 지하에서 그가 본 것은 잔인한 마법 실험의 희생자들밖에 없었다.

"……설마?"

"그 설마가 맞아요."

선왕비가 눈웃음을 지었다.

"우리는 이 소년과 같은 존재들을 강화병이라 부르고 있어요. 그대가 윈덤 성 지하에서 목격한 수많은 실험체들, 그게 바로 강화병을 만들기 위한 준비 과정이었죠."

"그럼 강화병은 모두 이 소년처럼 강력한 힘을 발휘한다는 말이오?"

"아니요."

선왕비의 웃음이 묘해졌다.

"실제 강화병은 이것보다 훨씬 강력해요. 이 소년은 우리 왕실의 마법사들이 여러 종류의 금제를 가해서 실제보다 절반 이상 약화시킨 상태랍니다."

"……"

시슬란은 할 말을 잃었다.

절반 정도 약화시킨 게 이 정도였다.

그럼에도 선왕비의 정예 호위들이 넷이나 달려들어 간신

히 목을 베었다.

소년의 시체를 보는 선왕비의 표정도 심각해졌다.

"그러니 이 강화병의 위력을 잘 아시겠죠? 문제는 윈덤 왕국뿐 아니라 대륙 대다수의 군소 국가들이 모두 극비리에 강화병을 개발하고 있다는 점이죠. 이전까지는 8할 정도의 가능성으로 예측하고 있었는데, 그대가 윈덤 성을 휘저어 준 덕분에 생긴 자료를 통해 완전히 확신하게 되었어요."

솔라리스 대륙은 5개의 강대국과 다수의 군소 국가가 힘의 균형을 유지하고 있다. 군소 국가는 보통 5대 강대국의 속국이나 제후국 정도의 지위를 누린다. 윈덤 또한 토르를 대국으로 모시는 군소 국가 중의 하나였다.

"한데 얼마 전부터 군소 국가들은 강대국으로 발돋움하겠다는 목적으로 인간의 도리를 벗어나는 실험을 자행하고 있죠. 바로 강화병을 얻기 위해서."

선왕비의 눈빛에 혐오감이 떠올랐다.

"다행히도 저들의 어리석은 시도는 아직까지 별다른 성과를 보지 못하고 있어요. 하지만 저들도 바보가 아니니 언젠가는 실험에 성공하겠죠. 그럼 수많은 강화 병사들이 전쟁터로 쏟아져 나올 테고. 하지만 우리 토르 왕국은 그들 모두를 제지할 만큼 압도적으로 강하진 못해요. 물론 다른 강대국들과 손을 잡을 수도 있지만 그건 거의 불가능한 일이에요. 생각보다 많은 이해관계가 얽혀 있어서죠. 결국 지금 토르는 군소 국가들의 실험을 저지할 능력이 모자란단 뜻이에요."

그녀의 말이 맞았다.

토르 왕국은 솔라리스 서북부의 절대적인 강자다.

대륙의 중앙 일부에서 북서부 전체를 아우르고 있으며, 4개의 군소 국가를 제후국으로 두고 있다.

하지만 그렇다고 해서 나머지 13개 군소 국가들을 한꺼번에 통제할 정도의 힘을 가지고 있진 못했다.

그렇다고 다른 강대국들과 손을 잡기엔 강대국들 사이의 관계가 너무 험악했다.

선왕비의 표정이 진지해졌다.

"어쨌건 본국의 입장에서도 힘의 균형이 깨지는 사태는 막아야 해요. 그래서 한참 조사를 진행하던 끝에 의외의 사실을 알아냈어요. 군소 국가들이 추진하는 그 실험의 이면에 또 다른 세력이 개입하고 있다는 사실이죠. 지금 그대를 불러 이런 이야기를 하는 것도 사실 그들의 존재 때문이에요."

"그들?"

선왕비가 말했다.

"그대도 그들을 잘 알 거예요. 내가 아는 이들 중에서 그들과 대적한 이는 오로지 하나, 그대밖에 없거든요."

"……."

설마…….

시슬란은 발로 소년의 머리를 툭 건드렸다.

소년의 머리가 데구루루 구르며 목의 뒷덜미가 드러났다.

그곳에는 머리 셋 달린 뱀의 문신이 새겨져 있었다.

'부활의 사도…….'

아까 붉은빛도 이 문신이 뿜어냈던 것이다.

시슬란은 왜 선왕비가 이렇듯 자신과 만나길 원했는지 비로소 알 것 같았다.

세상 사람들은 부활의 사도의 존재를 전혀 모른다.

하지만 부활의 사도는 사람들이 모르는 사이에 솔라리스 사회의 곳곳에 곰팡이처럼 번져 있었다.

선왕비가 말했다.

"나도 그들이 어느 정도 규모의 세력을 지니고 있는지, 본거지가 어디인지, 그들의 실체를 전혀 알 수가 없어요. 하지만 확실한 것이 하나 있는데, 그들이 머리 셋 달린 뱀의 문양을 몸에 새긴다는 것과 그들 중의 일부가 이곳 토르카 왕궁에도 스며들어 있다는 점이죠."

"……."

"그러니 제안을 하죠. 그들을 비밀리에 색출해 주세요."

"보상은?"

"로젠 가문에 씌워진 역모의 죄를 사면해 드리죠."

"카탈리나 로젠 여백이 누명을 벗는 것인가?"

"그래요. 그리고 한 가지 더. 토르 왕실이 그대의 루나 왕국을 은밀히 지원할 것을 약속드리죠. 군소 국가를 대하는 것이 아니라 동등한 지위에서."

이 제안이야말로 그녀가 말했던 '협상'이란 것의 핵심이었다.

얼핏 시슬란에게 과분한 조건인 것 같았다.

하지만 내막을 보면 그게 아니었다.

선왕비는 함부로 움직일 수 없는 입장이었다. 공식적으로 노출된 그녀가 움직이는 순간 왕궁에 숨어 있던 부활의 사도의 무리들은 수면 아래로 숨어 버릴 것이다. 그러면 뿌리를 뽑기가 극히 힘들게 된다.

선왕비는 초조한 눈길로 시슬란을 쳐다보았다.

"할 수…… 있나요?"

"만일 안 한다면?"

"그대는 여길 못 나가겠죠. 물론 로젠 여백과 그 수하들도 평생을 감옥에서 썩어야 할 테고."

"협박이군."

"기왕이면 부탁이라고 해줘요."

그걸 보며 시슬란은 속으로 혀를 찼다.

이건 이쪽 입장에선 수락할 수밖에 없는 협상이다.

어쨌건 그는 카탈리나와 그녀의 가문을 구하기 위해서 온 것이다.

만일 힘으로 카탈리나를 감옥에서 구출한다 해도 그녀의 생명만을 구할 뿐, 그녀와 로젠 가문의 명예는 그대로 죽어 버리리라.

그건 결코 시슬란이 원하는 바가 아니었다.

그녀의 가문까지 함께 살려 내려면 무조건 토르 왕실의 협력이 필요했다. 결국 그는 선왕비의 부탁을 들어줄 수밖에 없는 입장인 셈이다.

그런데 그걸 이렇게 대놓고 말한다.

그런데도 이상하게 반감이 느껴지지 않았다.

그게 너무나 자연스럽다는 점이 더욱 대단했다.

'실로 무서운 사람이군.'

그녀의 이런 점을 똑똑히 기억해 둬야겠다고 생각하며 시슬란은 고개를 끄덕였다.

"하겠소."

"현명한 결정이에요. 그럼 언제부터 움직일 생각이죠?"

"기왕 하는 것, 빠를수록 좋지 않겠소."

시슬란은 의식적으로 선왕비와 거리를 벌려 의자 등받이에 깊게 기대어 앉았다.

두 사람 사이에 다시 실크 휘장이 드리워졌다.

샤아아아…….

휘장을 따라 그림자가 스멀스멀 피어났다.

산들바람이 불어 휘장을 흔들었다.

다시 휘장이 걷혔을 때, 이미 시슬란의 모습은 사라지고 없었다.

그가 있던 자리를 보는 선왕비의 눈빛에 묘한 기색이 떠올랐다.

3

선왕비의 별궁을 나온 시슬란은 곧바로 토르카 왕궁을 조사하기 시작했다.

그렇다고 자신이 직접 움직인 것은 아니었다.

토르카 시내의 한 여관에 묵으며 밤마다 근처의 야행성 동물들을 불렀다. 주로 올빼미와 박쥐, 쥐가 그의 부름에 답했다.

동물들은 그의 부탁을 충실히 들어주었다.

올빼미는 뛰어난 야간 시야를 활용해 토르카 왕궁 경비의 움직임을 살폈다. 박쥐는 청각으로 왕궁 곳곳에서 들려오는 말소리를 들어 시슬란에게 전달했다. 쥐는 곳곳을 누비며 올빼미의 눈과 박쥐의 귀가 닿지 않는 곳들을 조사했다.

보통의 방법이었다면 결코 알지 못했을 수많은 정보가 수집되어 갔다.

덕분에 열흘 정도가 지나자 부활의 사도의 끄나풀로 추정되는 자들의 면면이 하나씩 드러나기 시작했다.

'정말로 있었군.'

하나가 드러나자 그다음부터는 쉬웠다.

꼬리를 잡고 그걸 따라가니 다른 놈들이 줄줄이 걸려들었다.

그러나 시슬란은 그들을 건드리지 않았다.

괜히 저들 중의 일부를 어설프게 건드렸다간 나머지가 더 깊게 숨어 버릴 터.

그가 맡은 부탁은 색출까지였다.

뒤처리는 선왕비가 알아서 할 것이다.

그렇기에 그는 무리하지 않았다.

다시 보름이 더 지났다.

부활의 사도의 명단이 거의 완성되어 갔다.

그때쯤이었다.

시슬란이 조사했던 명단의 인물들이 수상한 움직임을 보이기 시작했다. 왕궁에 숨어든 끄나풀들 중에서 일부가 어린 국왕의 침실로 모이고 있었던 것이다.

"……."

시슬란은 정신을 집중하여 박쥐의 청각, 쥐가 보내는 정보에 주의를 기울였다.

그러자 바로 곁에서 듣는 듯 그들이 속닥이는 말소리를 들을 수 있었다.

"조용히 움직여."

"그런데 왜 하필 오늘이죠? 누구의 명령인가요?"

"나도 이유는 몰라. 상부의 명령이다."

"그럼 무조건 이행해야 하는 거네요. 하지만 어째 조금 불안한데……."

"쯧, 감히 명령에 불복할 생각인가?"

"아니, 그건 아니지만……."

"조용히 해라. 목표에 거의 다다랐다."

젊은 여인 두 사람의 목소리였다.

어린 국왕의 시녀들이었다.

그들은 늦은 밤 어린 국왕의 침실로 은밀히 이동하고 있었다. 국왕의 침실을 지키는 근위대 기사들도 감지하지 못할 정도의 은밀한 움직임이었다.

뭔가 어린 국왕에게 위해를 가하려는 것이 분명했다.

'막아야겠군.'

시슬란은 혀를 차며 자리에서 일어났다.

그가 저들의 색출을 맡고 있는 동안에 저들에 의해 어린 국왕이 다치거나 죽임을 당한다면 선왕비는 길길이 날뛸 것이다. 그러면 협상이고 뭐고 모두 물 건너가 버리는 것이다.

시슬란은 여관 창틀을 열고 아래로 뛰어내렸다.

3층 높이의 허공에서 떨어지는 순간 올빼미 한 마리가 지면에 스치듯 활강하며 그의 곁을 미끄러졌다.

그 순간 시슬란의 모습이 올빼미의 날개 아래 그림자 속으로 깃들었다.

'왕궁으로!'

그의 의지에 따라 올빼미가 달빛과 바람 사이를 미끄러져 전력을 다해 왕궁으로 날아갔다.

그사이에도 박쥐와 쥐가 보내는 정보는 계속해서 시슬란에게 들렸다.

"지금."

푸욱! 푸우욱!

"끄흑……."

시녀의 단호한 속삭임, 칼날이 살을 파고드는 소리, 남자 둘의 억눌린 신음 소리가 연이어 들렸다.

'근위 기사들이 당했군.'

근위 기사들을 처리한 시녀들이 국왕의 침실 문을 여는 소리도 들렸다.

그때였다.

"저건 뭐지? 왜 저기에 쥐가……."

"창틀에 박쥐도 있어."

쒸이익!

찌익……!

뭔가 날카로운 물체가 날아드는 소리를 끝으로 모든 정보가 끊겼다. 국왕의 침실 근처에서 소리를 엿듣던 쥐와 박쥐가 당한 것이다.

시슬란의 마음도 다급해졌다.

때마침 그를 실은 올빼미가 왕궁의 상공에 도착했다.

시슬란은 올빼미의 날개 속 그림자에서 빠져나와 왕궁을 향해 낙하했다.

국왕의 침실이 위치한 영광의 궁의 지붕이 급속도로 가까워졌다.

샤아아아……!

순간 시슬란의 모습이 지붕에 길게 드리운 그림자 속으로 사라졌다. 다음 순간, 시슬란은 이미 지붕 아래 복도에 드리운 그림자 속에서 몸을 일으키고 있었다.

복도로 들어온 시슬란은 곧바로 국왕의 침실로 향했다.

한 달 가까운 시간 동안 조사를 하며 지리를 빠삭하게 익힌 덕분에 그는 곧바로 국왕의 침실로 갈 수 있었다.

예상대로 국왕의 침실 문은 열려 있었다.

그 옆에 쓰러진 두 근위 기사를 지나쳐 시슬란이 침실로 뛰어들었다.

마침 두 시녀는 잠든 어린 국왕에게 어떤 약물을 먹이려던 참이었다.

갑자기 나타난 시슬란의 모습에 시녀들이 깜짝 놀랐다.

"어, 어떻게?"

시슬란은 대답 대신 그녀들을 향해 달려들었다.

쉬리릭!

그가 스쳐 가는 순간 두 시녀가 움찔거렸다.

동시에 어린 국왕의 입가에 기울이고 있던 작은 약병이 바닥에 떨어져 굴렀다. 시녀의 잘린 손목과 함께였다.

"끄으윽?"

손목이 잘린 고통에 두 시녀가 물러나려 했다.

하지만 그것도 뜻대로 되지 않았다.

샤아아아……!

바닥에서 일어난 그녀 자신들의 그림자가 발목을 붙잡았다. 그림자는 다리를 타고 올라와 전신을 제압했다. 움직일 수가 없었다.

하지만 그땐 이미 두 시녀의 눈동자가 위로 돌아가고 있었다.

입 안에 숨겨 온 독약을 스스로 마신 것이다.

시슬란이 재빨리 손을 뻗어 그녀들의 목젖을 강하게 눌렀다. 하지만 늦고 말았다. 약물은 이미 식도를 타고 위장으로 내려간 뒤였다. 순식간에 내장이 녹아 버렸다. 시녀 하나가 죽은피와 내장 조각을 울컥 게워 내며 숨이 끊어졌다.

그래도 다행히 시슬란이 재빨리 대응한 덕에 나머지 시녀 하나는 죽지 않고 숨이 붙어 있었다.

"이런……."

시슬란은 혀를 찼다.

꼬리를 끊으려 스스로 자결하는 독한 모습에 진저리가 처질 정도였다.

파악!

"끄흑!"

뒷목을 강하게 치자 시녀가 삼키려던 독약이 뱉어져 나왔다. 치이익, 소리와 함께 바닥의 카펫에 독약이 눌어붙었다.

이 정도 독성이면 식도에 묻은 소량의 독으로도 위험하다.

시슬란은 장미의 맹약을 꺼내 힐링 마법을 시전했다. 칼날을 따라 연둣빛 광채가 맺히자 그걸 시녀의 몸에 갖다 댔다. 빛이 시녀의 몸으로 깃들며 체내에 남아 있던 약간의 독성을 해독시켰다.

시슬란은 곧바로 어린 국왕을 살폈다.

그런데 국왕이 조금 이상했다.

숨소리가 고른 것으로 보아 깊이 잠든 듯했다.

그런데 그 정도가 지나쳐서 숨소리가 너무 깊었다.

아무리 깊이 잠이 들었어도 옆에서 이 난리가 났으면 깨어나거나 최소한 뒤척이기라도 해야 하는데 그런 반응이 전혀 없었다.

'설마?'

시슬란은 아까 시녀가 떨어뜨린 약병을 집었다.

약병 안에는 푸른색의 반투명한 액체가 담겨 있었다.

새벽 호숫가에 피어나는 안개처럼 청량한 향기가 났다.

시슬란에게도 익숙한 향기였다.

'이건 카나스의 뿌리?'

카나스의 뿌리는 대중적으로 널리 쓰이는 약재였다. 적당량을 사용하면 심신이 안정되며 숙면을 취하게 된다.

덕분에 시슬란 주위에도 이걸 사용하는 사람들이 제법 있었다. 용병 시몬이 대표적이었다. 코골이가 심한 그는 항상 카나스의 뿌리를 소량으로 사용해 깊은 숙면을 취하곤 했다.

하지만 이 카나스의 뿌리는 정제하여 농도를 진하게 만들면 위험한 약물이 된다. 너무나 강력한 수면 효과로 인해 자칫 영영 깨어나지 못하고 사람이 죽는 경우도 있었다.

바로 지금 시슬란이 들고 있는 푸른 액체가 정제된 카나스 뿌리의 엑기스였다. 그것도 일반적으로 알려진 것보다 훨씬 정제를 심하게 한 듯 향기가 굉장히 강했다.

비로소 어린 국왕이 너무나 깊이 잠든 이유를 알 수 있었다.

"큰일이군."

어른이 사용해도 종종 목숨이 위험한데, 고작 7살짜리가 이걸 마셨다. 이대로 두면 십중팔구 못 깨어나고 죽을 것이다.

그걸 말해 주듯 어린 국왕의 몸은 벌써 이완되어 축 늘어지고 있었다. 그뿐만 아니라 심장박동도 느려져서 입술과

안색이 창백하게 변해 갔다.

강제로라도 깨워야 했다.

'하지만 어떻게?'

카나스의 뿌리는 독이 아니다. 그렇기에 그가 쓸 수 있는 힐링 마법도 소용이 없다.

남은 방법은 강한 자극을 주는 것밖에 없었다.

그는 어린 국왕의 상의를 벗기고는 등판을 손바닥으로 강하게 쳤다.

짜─악!

순식간에 등이 벌겋게 부었다.

그래도 아이는 깨어나질 못했다.

계속 쳤다.

짜악! 짜아─악!

급기야는 살갗이 터져 피가 나기 시작했다.

시슬란은 어린 국왕에게 연달아 힐링 마법을 걸어 주면서 등짝을 계속 때렸다.

그러자 효과가 있었는지 아이가 처음으로 얼굴을 찡그렸다.

"아, 아파……."

그때였다.

"누구냐!"

어린 국왕의 침실 문으로 기사들이 우르르 뛰어들어왔다.

침실의 소란을 듣고 달려온 근위 기사들이었다.

그 선두에 타일러가 있었다.

출입문 양쪽에 쓰러져 죽은 근위 기사와 침실에 널브러진 두 시녀, 그리고 시슬란에게 잡힌 채 등에서 피를 흘리며 신음하는 어린 국왕을 보자 타일러의 눈이 뒤집어졌다.

"국왕 전하! 감히!"

그가 불문곡직 검을 뽑아 시슬란을 향해 달려들었다.

'날 암살자로 오인하고 있군.'

아직 아이는 완전히 깨지 않았다.

어린 국왕을 살리려면 쓸데없는 데에 시간을 허비해선 안 되었다.

시슬란이 팔을 앞으로 쭉 내밀었다.

그 손엔 어린 국왕이 들려 있었다.

"헉?"

사선으로 검을 내리치던 타일러가 기겁해서 헛숨을 들이켰다. 자신의 검이 향하는 곳에 어린 국왕이 불쑥 내밀어진 까닭이었다.

"이이익!"

그가 필사적으로 검의 경로를 틀었다. 무리한 근육의 사용으로 그의 팔꿈치가 탈골되었다. 하지만 덕분에 검은 아슬아슬하게 국왕을 비껴 나갔다.

"비, 빌어먹을! 저놈을 잡……."

"어린 왕을 죽이고 싶나?"

타일러의 노한 외침은 시슬란의 냉랭한 음성에 가로막혔다.

"……뭐?"

"난 암살자가 아니다. 그리고 인질극을 벌이려는 것도 아니다. 저 시녀들이 근위 기사를 죽이고 국왕에게 카나스의 뿌리를 정제한 약물을 먹였다. 어서 국왕을 깨워야 한다."

시슬란은 어린 국왕을 타일러에게 가볍게 던졌다.

"전하! 이제 안심하옵소서!"

타일러는 행여나 어린 국왕을 놓칠까 꽉 끌어안고서 남은 한 팔로 단검을 뽑아 방어 자세를 취했다.

그런 그의 발치에 작은 약병이 굴러왔다.

"어리석은. 일단 아주 약간의 의식은 찾게 해 주었으니 아직 늦지는 않았을 것이다. 이걸 가지고 연금술사에게 가라. 어서."

연금술사는 각종 약물을 다루는 이들이기에 어린 국왕을 잠들게 한 약물을 가지고 가면 그걸 바탕으로 반대되는 속

성의 약을 만들 수도 있다.

하지만 언제나 관건은 시간이었다.

연금술사도 만능이 아니다.

약을 분석하고 재료를 조합하여 달인 뒤 새로운 약을 만들기까지 족히 서너 시간은 걸린다.

시슬란이 어린 국왕의 등을 호되게 때린 것도 그 시간을 벌어 주기 위함이었다.

하지만 타일러의 경계심은 풀어지지 않았다.

그는 어린 국왕이 카나스의 뿌리 약물로 인해 깊이 잠든 사실을 전혀 모르고 있었다. 그저 시슬란의 습격 때문에 기절한 것으로만 알았다.

"감히 국왕 전하의 침실에 무단으로 침입한 네놈의 말을 내가 곧이곧대로 믿을 성싶더냐!"

근위 기사들이 포위망을 좁혀 왔다.

그때였다.

파학!

포위망 바깥쪽, 침실 발코니 문 근처에 서 있던 근위 기사의 목덜미에서 피분수가 치솟았다.

"어? 어어……?"

근위 기사는 피가 뿜어져 나오는 자신의 목을 쥐고는 멍한 표정을 지었다. 그러곤 다리의 힘이 풀려 털썩 자리에 주저앉았다.

모두가 깜짝 놀라는 사이, 그의 뒤편으로 가녀린 체격의 한 사람이 발코니를 향해 달려 나갔다.

중독되었다가 살아남아 기절해 있던 시녀였다.

성한 그녀의 한쪽 손에는 단검이 들려 있었는데, 단검 칼날에는 시뻘건 피가 흥건히 묻어 있었다. 방금 목을 베인 근위 기사의 피였다.

"잡아!"

몇몇 기사들이 시녀의 등을 향해 검을 휘둘렀지만 모두 빗나갔다. 미꾸라지를 연상케 하는 시녀의 기묘한 몸놀림 탓이었다.

파핫!

결국 기사들의 검을 모조리 피한 시녀는 발코니 난간을 뛰어넘어 어둠 속으로 자취를 감추었다.

열린 발코니로 불어온 바람에 하얀 실크 커튼이 미친 듯이 펄럭였다.

그 아래 목이 베인 근위 기사가 자신이 흘린 피 웅덩이 속에서 버둥거리다 숨을 거두었다.

"이런······."

타일러와 근위 기사들이 망연자실하여 펄럭이는 커튼과 죽은 동료를 쳐다보았다. 설마하니 시녀가 벌떡 일어나 동료를 해치고 도망갈 줄은 생각도 못 했던 것이다.

그때 시슬란의 목소리가 타일러를 일깨웠다.

"그러다가 왕마저 죽일 셈인가?"

"……뭐?"

"어서 왕의 상세를 살피고 연금술사에게 데려가라 하지 않았나."

"…….."

그제야 타일러는 아까 시슬란이 자신의 발치에 굴려 준 약병을 주워 들었다.

마개를 열자 청량한 향기가 느껴졌다.

타일러도 맡자마자 이게 카나스의 뿌리란 것을 알 수 있었다.

그가 짐승처럼 신음했다.

"그쪽의 말이 정말이었군……."

"시간이 없다."

"……알겠다."

타일러는 달리기가 가장 빠른 기사들을 뽑아 어린 국왕을 맡겼다. 기사들이 국왕을 업고 복도 저편으로 황급히 달려갔다.

난장판이 된 실내에는 타일러와 시슬란, 그리고 나머지 근위 기사들만이 남았다.

기사들의 포위망은 아직도 그대로였다.

"네놈이 누군지는 모르나 전하의 침실을 침범하여 소란을 피운 죄는 처벌받아야 할 것이다. 그래도 걱정은 마라. 국왕 전하의 위험을 알린 공적 또한 인정될 것이니 받을 처벌이 심하진 않을 것이다. 그러니 무모한 저항은 포기하고 순순히 명을 따라라."

타일러가 아까보다는 누그러진 음성으로 말했다.

하지만 시슬란은 그의 말에 관심이 없었다.

그는 방금 도망친 시녀의 종적에 주의를 집중했다.

"저쪽인가?"

"……뭐?"

타일러가 미간을 찡그리는 순간이었다.

샤아아아……!

시슬란의 모습이 그림자 속으로 스러지듯 종적을 감추었다.

"무, 뭐야!"

놀란 기사들이 황급히 포위망을 좁혀 달려들었지만 소용없었다. 시슬란은 이미 완전히 자취를 감추어 버린 후였다.

타일러와 기사들이 황당한 표정을 지었다.

멀쩡히 서 있던 사람이 눈앞에서 사라졌다.

믿을 수 없지만 엄연한 사실이었다.

타일러가 품에서 호루라기를 꺼내 입에 물었다.

삐이이이이익—!

비상사태를 알리는 호각 소리가 토르 왕궁을 시끄럽게 뒤흔들었다.

그러나 같은 시각, 선왕비의 거처는 이미 피로 물들어 있었다.

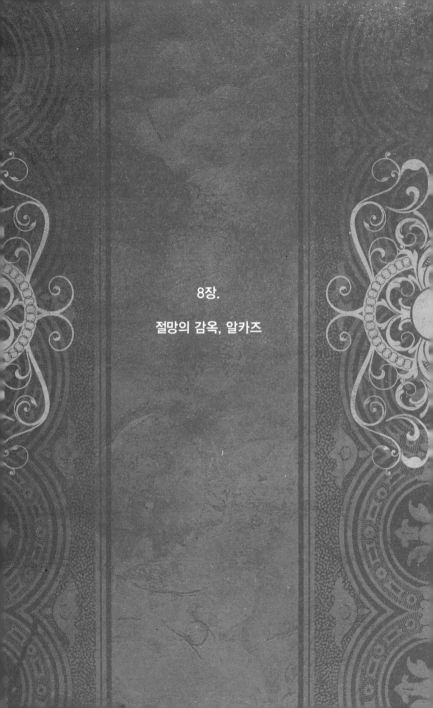

8장.

절망의 감옥, 알카즈

1

촤학!

새하얀 실크 휘장에 붉은 피가 뿌려졌다.

목 절반이 잘린 남자가 피를 뿌리며 썩은 고목처럼 쓰러졌다.

풀썩.

그가 마지막이었다.

그의 주위로는 먼저 죽어 쓰러진 시체 다섯이 널브러져 있었다.

"하아…… 하아……."

방금 여섯 남자를 시체로 만든 이는 선왕비의 시종으로

일하던 소년이었다.

한데 소년의 눈빛이 이상했다.

흰자위는 검은색으로 변해 있고, 눈동자는 새파랗게 빛났다.

달라진 것은 눈빛만이 아니었다.

소년의 목덜미에서는 머리 셋 달린 뱀의 문신이 사악한 붉은빛을 뿜어내고 있었다.

그 문신이 지금 소년이 쏟아 내고 있는 힘의 근원이었다.

"후우…… 후욱!"

거칠게 숨을 몰아쉬는 소년의 어깨 위로 땀이 수증기가 되어 피어올랐다. 그런 소년의 전신은 상처투성이였다.

하지만 방금 소년이 쓰러뜨린 여섯 사람이 토르 왕국 선왕비의 곁을 수호하는 6인임을 감안하자면 단지 상처만 입고 승리를 거둔 소년은 정녕 대단하다 할 수 있었다.

그 상처마저도 소년이 몇 번 숨을 쉬는 사이에 말끔히 치유되었다.

소년이 팔을 거칠게 휘둘렀다.

화아악!

피투성이로 물든 실크 휘장이 걷히고 뒤에 앉은 선왕비가 드러났다. 그녀는 난장판이 된 주위의 모습과 달리 너무나 차분한 모습이었다.

"소란스럽구나."

선왕비의 눈썹이 찌푸려졌다.

쪼르륵.

선왕비의 고운 손길이 작은 주전자를 기울였다. 모락모락 피어나는 김과 함께 연녹색 투명한 찻물이 작은 잔을 채웠다.

마치 주변의 난리는 자신과 아무런 상관이 없다는 듯한 태도.

그녀의 전신에서는 그 무어라 형용할 수 없는 압도적인 기품이 묻어났다.

"……."

휘장을 걷어 낸 소년조차도 너무나 의외의 모습에 잠시 할 말을 잃고 그걸 바라만 보았을 정도였다.

하지만 소년은 곧 정신을 차렸다.

지이이이잉―!

머리 셋 달린 문신이 더욱더 밝은 빛을 내뿜었다.

동시에 문신을 통해 소년의 뇌리에 누군가의 절대적인 목소리가 울렸다.

『기회는 지금뿐이다. 선왕비를 납치하라!』

소년에게 있어 그 목소리는 정말로 절대적인 것이었다.

목소리를 들으면 없던 힘도 솟아났다.

힘이 솟아나는 것과 동시에 소년의 검은 머리칼에 하얀 새치가 급속도로 늘어났고, 팽팽하던 얼굴에는 주름이 생겨났다.

힘을 대가로 수명을 소모하고 있는 까닭이었다.

하지만 이미 목소리의 명령에만 맹목적으로 따라 움직이는 소년은 그런 것에 전혀 개의치 않았다.

오직 명령만을 따를 뿐.

소년이 손을 뻗어 선왕비의 옷깃을 거머쥐었다.

"……!"

선왕비의 저항은 무의미했다. 그녀는 일격에 정신을 잃었다.

소년이 천장을 향해 뛰어올랐다.

콰아앙!

주먹질에 의해 천장이 부서졌다. 그걸 두 번 더 반복하자 지붕마저 뚫렸다.

선왕비를 둘러업은 소년이 뚫린 지붕으로 뛰쳐나갔다.

시체만 즐비하게 남은 선왕비 궁은 괴괴한 적막에 휩싸였다.

그리고 5분쯤 후.

시슬란이 가장 먼저 선왕비 궁에 당도했다.

"쯧!"

그는 자신이 늦었음을 깨달았다.

처음 국왕의 침실에서 탈출한 시녀는 말 그대로 미끼일 뿐이었다. 그녀를 잡는 사이 다른 자가 이곳에서 선왕비를 납치한 것이다.

선왕비를 구해야 했다.

'그래야 카탈리나도 구할 수 있을 테니.'

샤아아아!

시슬란은 그림자에 스며들어 사라졌다. 그는 선왕비를 납치한 자의 흔적을 찾아 추격을 시작했다.

"선왕비 마마!"

타일러와 근위 기사들이었다.

그들이 선왕비 궁에 당도한 것은 시슬란이 사라지고도 몇 분이 더 지난 후였다.

그때 이미 시슬란은 소년 시종의 자취를 포착하여 추격 전을 벌이고 있었다.

2

"후우…… 후우……."

선왕비 궁의 소년 시종 밀란은 가쁜 숨을 몰아쉬었다.

문신에서 나오는 파괴적인 힘이 지금껏 밀란을 지탱해 주었지만 그것도 한계가 있었다.

그걸 말해 주듯 밀란의 머리는 거의 절반이 백발로 변해 있었다. 얼굴의 주름도 더욱 많아져서 얼핏 보면 40대 중반을 넘긴 남자같이 보였다.

하지만 수명을 대가로 힘을 쓴 보람도 있었다.

밀란은 근위 기사들의 포위망을 벗어나 어느덧 토르의 시가지 외곽에까지 도착해 있었다.

그는 외곽의 어느 허름한 창고 담벼락 아래에서 휴식을 취했다. 동시에 주변의 동향에 촉각을 곤두세웠다.

괜스레 불안한 느낌이 스멀스멀 들었다.

'지나치게 조용한데……?'

그때였다.

샤아아…….

쪼그려 앉아 있던 밀란의 바로 앞쪽 땅바닥에 미미한 변화가 일어나기 시작했다. 그가 움직이지도 않았는데 바닥에 드리운 그의 그림자가 슬며시 흔들린 것이다.

하지만 밀란은 변화를 눈치채지 못하였다.

그림자가 쪼개지고 갈라지고 모양이 변형되어 바로 앞쪽 담벼락에 글자를 만들기 전까지는.

겨우 여기 있었나?

"헉?"

저절로 헛바람이 튀어나왔다.

'뭐야, 이건!'

그림자가 스스로 움직여 글자를 만들었다.

듣도 보도 못한 일이다.

밀란이 반사적으로 선왕비를 업고 점프했다.

슈칵!

스산한 소리와 함께 밀란이 있던 자리의 땅이 한 뼘이나 패었다. 밀란의 등줄기에 절로 오한이 일었다.

밀란은 본능적으로 상대가 자신보다 강함을 알았다.

동시에 예의 목소리가 문신을 통해 밀란의 뇌리에 울렸다.

『선왕비를 데리고 토르 항구 앞바다의 붉은 안개로 뛰어들어라, 어서!』

목소리의 명령은 절대적이다.

밀란은 명령을 지키기 위해 도주를 감행했다.

동시에 그의 목덜미에서 문신이 빛나며 새로운 힘을 육신에 부여했다. 밀란의 몸이 조금 더 노화되었지만 덕분에 엄청난 속도로 자리를 벗어날 수 있었다.

그 직후에 시슬란이 모습을 드러냈다.

그는 곧바로 밀란을 뒤쫓기 시작했다.

아직 시간은 자정. 마침 달빛도 환하게 사위를 은빛으로 물들이고 있는 시간이다. 그가 방심하지 않는 이상 밀란은 그의 추격을 뿌리칠 방법이 없다고 보아도 무방했다.

시슬란이 추격에 속도를 더했다.

덕분에 쫓기는 밀란만 죽을 판이었다.

'뭐, 뭐야, 저놈은 대체!'

헐떡헐떡 쫓기며 밀란은 필사적으로 힘을 끌어냈다.

츠츠츠츠……!

노화가 가속되었다. 이제 밀란의 얼굴은 50대 중반을 넘어 보였다.

그러나 그 덕분에 달리는 속도가 더욱 빨라졌다.

좁혀지던 시슬란과의 거리가 더는 좁혀지지 않게 되었다.

그러는 사이 토르카 시가지가 끝났다.

깎아지른 얼음 절벽이 모습을 드러냈다. 절벽 너머는 무려 250미터 높이의 허공이었다.

그러나 밀란은 멈추지 않았다.

타아앗!

그대로 절벽 아래로 뛰어내렸다.

그러지 않으면 시슬란에게 잡힐 것을 직감했기 때문이다.

자유낙하.

순식간에 절벽 아래 바닥이 가까워졌다.

"그아아아악!"

츠츠츠츳!

밀란의 모습은 이제 60대를 넘겨 보였다.

그렇게 끌어낸 힘으로 밀란은 절벽을 향해 주먹을 뻗었다.

카가가가가각—!

엄청난 힘을 실은 주먹이 얼음 절벽을 파고들었다. 낙하하던 힘에 의해 절벽에 수직으로 기다란 자국이 새겨졌다. 덕분에 낙하 속도가 많이 느려졌다. 밀란은 안전하게 착지했다.

하지만 안심하기에는 일렀다.

샤아아아……!

그가 착지한 직후 주변의 그림자가 일렁이기 시작했다. 시슬란의 추격이 끝나지 않은 것이다.

'젠장!'

겨우 몸을 추스른 밀란은 선왕비를 업고 다시 달렸다.

항구의 정경이 휙휙 지나가고 어느덧 부두의 끄트머리에

출렁이는 바다가 보였다.

'항구 앞바다의 붉은 안개…… 붉은 안개가 어디에 있지?'

밀란은 필사적으로 눈동자를 이리저리 굴렸다.

그러다가 탄성을 내뱉었다.

"……아!"

찾았다.

항구 앞바다 저 멀리에 약간은 수상쩍게 생긴 붉은 안개 덩어리가 보였다. 별달리 신경을 쓰지 않고 본다면 그냥 지나칠 정도로 옅은 안개였다.

밀란은 마침 출항을 하고 있던 쾌속선에 뛰어올랐다.

"어? 네놈은 또 뭐냐?"

갑판에서 출항을 지휘하고 있던 선장이 인상을 찌그렸다.

하지만 그것도 잠시였다.

밀란은 다짜고짜 쾌속선 선장에게 달려들었다.

"이, 이게 대체 무슨 짓이……!"

퍼억!

선장의 머리 절반이 사라졌다.

밀란의 주먹질 한 방이 만들어 낸 결과였다.

"더 빨리 배를 움직여라! 어서!"

밀란이 광기를 드러내며 난동을 부리자 그를 막을 수 있는 이는 배에 아무도 없었다. 선원들은 완전히 공포에 질려 밀란이 가리키는 방향으로 배를 몰았다. 앞바다의 붉은 안개를 향해서였다.

과연 쾌속선답게 배는 금방 속력을 올렸다.

하지만 시슬란을 따돌릴 정도는 아니었다.

밀란이 쾌속선을 타고 바다로 피신하는 것을 본 시슬란은 근처에 매어져 있던 구명보트를 바다에 내렸다.

보트 중앙에 버티고 선 그는 열 손가락을 펼쳤다. 각각의 손가락이 달빛을 받아 아래쪽에 그림자를 드리웠다. 이내 손가락 그림자들은 열 자루의 노 모양으로 변했다.

촤촤촤촤촤촤!

열 자루의 노가 맹렬히 바다를 휘젓기 시작했다.

시슬란의 그림자에 실린 힘이 온전히 노를 통해 추진력으로 바뀌었다.

보트는 가벼웠다.

그런 보트에 막강한 추진력이 걸리자 엄청난 규모의 물보라와 함께 보트의 앞쪽 코가 들릴 정도로 급속한 가속이 이루어졌다.

물론 보트가 일으킨 거대한 물보라는 쾌속선에서도 잘 보였다.

'지긋지긋한 놈!'

밀란의 얼굴에 질린 빛이 떠올랐다.

그는 선원들을 더욱 닦달하며 본보기로 한 선원을 무참히 죽여 버렸다. 겁에 질린 나머지 선원들의 동작이 더욱 기민해졌다.

기묘한 추격전이 시작되었다.

파앙!

쾌속선이 모든 돛을 펼치고 모든 노를 저으며 최고 속도로 도주하였다.

촤촤촤촤!

쾌속선에 비해 너무나 초라한 구명보트가 엄청난 물보라를 튀기며 맹렬히 뒤를 추격했다.

속도는 구명보트가 조금 더 빨랐다.

둘 사이의 거리가 서서히 좁혀졌다.

하지만 워낙 앞서 출발하였기에 쾌속선이 먼저 붉은 안개에 도달하였다.

쾌속선이 붉은 안개 속으로 들어가자마자 예의 목소리가 다시 밀란의 뇌리에 울렸다.

『안개 속에 거대한 전함이 숨어 있을 것이다. 거기에 옮겨 타거라!』

앞을 보니 과연 거대한 붉은 전함의 모습이 보였다.

다름 아닌 베르디스호였다.

쾌속선을 그쪽으로 몰아붙인 밀란은 두 배의 거리가 가까워지자 곧바로 베르디스호 쪽으로 도약했다.

"하압!"

콰아아앙—!

한 번의 도약으로 40미터의 거리가 무색해졌다.

쿠웅!

밀란은 단박에 베르디스호의 갑판에 내려앉았다.

그리고 현기증에 비틀거렸다.

"하아아……."

이제 그의 용모는 80세 이상으로 보였다.

허리고 굽었고, 눈도 침침했다.

동시에 그토록 강력했던 힘도 급속도로 떨어지기 시작했다.

신체의 노화가 한계에 다다른 것이다.

그런 그를 냉랭한 여인의 목소리가 맞이했다.

"넌 뭐지?"

"헉?"

밀란은 아무런 기척도 없이 자신 앞에 나타난 붉은 트리콘 모자의 여자를 보고 소스라치게 놀랐다. 그는 반사적으로 여인을 향해 발차기를 날렸다.

휘이익!

하지만 여인은 너무나 쉽게 밀란의 공격을 피했다.

거기서 그치지 않고 밀란의 품속으로 뛰어들어 다리를 걸어 넘어뜨렸다.

밀란은 숨을 헐떡거리며 일어나려 애썼지만 여인의 발이 가슴을 짓밟자 더는 몸을 일으킬 수가 없었다.

"네놈은 뭐냐고 물었다."

여인의 정체는 바로 베르디스였다.

지금은 모두가 잠이 든 시간.

베르디스호의 선원들은 야간의 경계를 설 필요가 없었다.

베르디스 자체가 잠을 자지 않고 주변의 정황을 살필 수 있기에 누릴 수 있는 특권이었다.

때문에 밀란의 접근도 베르디스가 가장 먼저 감지했다. 그래서 일단은 선원들을 깨우지 않고 먼저 나선 것이다.

하지만 밀란은 대답보다 반항을 선택했다.

"크아아악!"

다시 한 번 밀란의 몸에서 노화가 진행되었다.

그나마 한 줌 남았던 백발이 모두 빠져 버렸다.

이빨도 삭아서 사라졌다.

눈동자에는 백태가 진하게 끼었다.

검버섯이 급속도로 얼굴 전체를 뒤덮었다.

그 대가로 밀란은 마지막 힘을 짜낼 수 있었다.

"헉?"

퍼억!

베르디스가 튕겨져 날아갔다.

다 죽어 가는 노인이 이렇게 힘을 쓰리라곤 생각지 못하고 방심한 것이 가장 큰 원인이었다.

"죽어어!"

밀란이 쓰러진 그녀를 덮쳤다.

하지만 그는 뜻을 이룰 수가 없었다.

뒤에서 갑자기 튀어나온 손아귀가 그의 목을 움켜잡았기 때문이다.

"그윽……! 칵!"

숨이 막히는 충격에 밀란이 버둥거렸다.

동시에 그의 늙은 얼굴에 공포의 감정이 떠올랐다.

시슬란의 냉정한 눈동자가 어둠 속에서 빛나고 있었다.

"하나 묻겠다. 왜 선왕비를 납치하여 하필이면 이곳으로 데려왔지?"

"그으윽! 칵!"

버둥거리는 밀란의 뇌리에 또다시 예의 '목소리'가 들려왔다.

『마지막 명령이다.』

"그르륵……!"

백태가 진하게 낀 밀란의 눈동자가 붉어졌다.

목소리가 더욱 크게 울렸다.

『여기서 죽어라.』

퍼어엉—!

"……!"

밀란의 뒤통수가 폭발했다. 피가 왈칵 쏟아졌다. 하필이
면 피가 쏟아진 자리엔 아직도 정신을 잃고 쓰러져 있는 선
왕비가 있었다.

"으, 으음……!"

뜨거운 피를 왈칵 덮어쓰자 선왕비가 얼굴을 찡그렸다.
그리고 눈을 떴다.

"여긴……."

그녀는 유혈이 낭자한 밀란의 뒷모습을 보고 입을 다물
더니 말없이 주변을 살폈다. 그리고 시슬란의 얼굴을 마주
보았다.

그녀는 영리하고 눈치가 빠른 편이었다.

시슬란의 손에 잡힌 채 죽어 있는 밀란의 모습과 자신이
멀쩡하게 정신을 차린 것을 알고는 돌아가는 전후의 사정
을 대강 파악했다.

"그대가 날 구한 건가요?"

"……아마도?"

시슬란은 묘한 눈길로 선왕비를 마주 보았다.

방금 밀란은 그가 죽인 게 아니었다. 그는 아무런 힘도 가하지 않았는데 밀란의 뒤통수가 터져 버렸다.

"다친 곳은 없소?"

"……아마도요?"

다행히 그녀는 크게 다친 곳이 없었다.

"그런데 날 납치했던 저자는 누구죠?"

"누구일 것 같소?"

"아마도 그들이겠죠?"

"그렇소."

시슬란이 품에서 양피지 한 장을 내밀었다. 선왕비가 그에게 부탁했던 왕궁 내 부활의 사도의 명단이었다.

"벌써 이걸 다 조사했다는 말인가요?"

어지간한 선왕비도 깜짝 놀랐다. 그리고 적힌 명단을 보자 더더욱 놀랐다.

"이들이 다……."

명단을 훑어보며 그녀가 한숨을 내쉬었다. 왕궁에 스민 자들의 면면을 보자니 아는 이름들이 속속 튀어나와 그녀를 씁쓸하게 만들었다. 선왕비를 습격했던 밀란을 비롯해 왕궁의 시종과 시녀, 심지어 근위 기사의 이름도 있었다. 그게 그녀의 눈빛에 서서히 분노를 불러왔다.

"더는 지체해선 안 되겠군요. 어서 왕궁으로 돌아가 혼란을 수습하고 이들을 모조리 색출해야겠어요. 배를 돌려주세요."

"불가하오."

"네?"

의외의 대답에 선왕비가 눈을 부릅떴다.

"내가 그쪽의 부탁을 들어주었으니 이젠 로젠 여백의 석방이 우선이오."

"……."

시슬란의 눈빛은 단호했다.

그럴 수밖에 없었다.

이대로 토르카로 돌아가 부활의 사도의 무리를 색출하고 혼란을 수습하려면 족히 며칠은 걸릴 것이다. 그리고 난 후에 선왕비가 약속을 지키려 해도 카탈리나의 석방은 쉬운 일이 아니었다. 역모에 연루된 가문을 다시 복권시키는 일이다. 정치적인 물밑 작업까지 고려한다면 몇 달이 걸릴지 알 수 없는 일이었다.

그때까지 카탈리나가 차가운 감옥에서 고초를 겪어야 한다는 뜻이다.

그건 시슬란이 원하는 바가 아니었다.

가문의 정치적인 구제는 나중에 이루어진다 해도, 일단은 우선적으로 카탈리나와 수하들을 비밀리에 석방시켜 편히 쉬게 할 수도 있는 일이 아니겠는가.

"게다가 나는 그대가 왜 납치되었는지, 왜 그대를 납치한 자가 하필이면 이곳 베르디스호로 그대를 데려왔는지도 의심스럽소."

"날 의심한다는 뜻인가요?"

"그건 아니오. 아마 내게 그대를 납치했다는 누명을 씌우기 위함일 거요. 그래서 더더욱 지금은 그대를 토르카로 데려다 줄 수 없소. 항구에 도착하는 즉시 토르 왕실이 날 가만두려 하지 않을 테니까."

"……"

"그래서 로젠 여백을 먼저 구하려는 거요. 우리는 그녀와 그녀의 수하들을 데리고 이대로 토르카를 떠나겠소. 그러니 그대는 이번 일이 수습되면 약속대로 로젠 가문의 누명을 벗겨 주시오."

그제야 선왕비는 시슬란의 말을 이해했다. 하지만 그녀의 표정은 여전히 굳어 있었다.

"왕궁의 혼란 수습보다 여백의 석방이 우선이라니, 이해는 하지만 기분은 나쁘군요."

"나는 다만 약속의 이행을 바랄 뿐이오."

"……알겠어요."

잠시 후, 베르디스호가 닻을 올렸다.

붉은 전투함이 파도를 가르기 시작했다.

재빠르게 선회한 베르디스호의 타락 천사 선수상이 먼바다를 향했다. 그렇게 해서 도착은 곳은 토르카의 해역 경계를 나타내는 거대한 용신상이 있는 환초 지대.

그곳에 절대 탈출 불가 절망의 감옥, 알카즈가 있었다.

9장.

어둠 속에서

1

알카즈.

솔라리스 대륙 서북부에서 그 이름은 고유명사로 통한다.

그 이름이 뜻하는 바는 다음과 같다.

절망.

혹은 체념.

이유는 간단했다.

알카즈는 절대 탈출 불가능의 감옥으로 악명을 떨치고 있었다. 토르 왕국이 건국되고 수백 년, 그동안 탈옥에 성공한 이가 단 한 사람도 없었기 때문이다.

바다 위로 우뚝 솟은 용신상, 그 토대가 되는 섬에 감옥이 있었다.

섬은 거의 수직에 가까운 절벽으로 둘러싸여 있는 데다 발 디딜 곳 하나 없어 보통 사람은 자력으로 내려오기 불가능한 구조였다.

그것이 끝이 아니었다.

이곳 알카즈 섬은 기이하게도 환초 지대의 중앙에 자리하고 있었다. 열대의 바다에서나 보일 법한 산호 군락이 화려한 색채를 뽐내며 섬을 둘러싸고 있는 것이다.

산호는 단단할 뿐만 아니라 뾰족한 돌기가 작게는 손톱 크기로, 크게는 몇 미터에 걸쳐 돋아 나와 있었다. 게다가 얕은 수심의 환초 지대에는 강력한 파도까지 몰아쳤다.

제아무리 수영을 잘하는 사람이라 해도 이곳에 빠진다면 강한 파도에 밀려 산호초에 부딪혀서 온몸이 걸레처럼 찢기고 말 것이다.

베르디스호는 속도를 늦추어 환초 지대를 통과했다. 선체가 커서 통과하기가 쉽지는 않았지만 베르디스의 절묘한 선회력과 선원들의 노력 덕분에 무난하게 미로 같은 환초 지대를 통과해 섬에 다다를 수 있었다.

시슬란과 선왕비는 한 사람이 겨우 올라갈 가파른 길을 올라갔다.

주변은 온통 천 길 낭떠러지였다.

때 아닌 방문자의 모습에 절벽에 둥지를 튼 바닷새 무리가 술렁였다.

놈들의 모습도 평범한 바닷새와 달랐다.

날개를 펼치면 그 폭이 무려 4미터에 달했다. 아무리 새라도 크기가 이 정도면 거의 괴물이라 불러야 한다. 이놈들이 딱 그랬다.

바닷새 무리는 시슬란과 선왕비를 보자 금방이라도 달려들 것처럼 거칠게 울어 댔다.

성질 급한 한 마리가 기어코 두 사람을 향해 달려들었다.

카아악!

사람의 상체를 단번에 움켜쥐고 으스러뜨릴 법한 강력한 뒷발이 두 사람을 노리고 쇄도했다.

그러나 놈은 곧 자신의 행동을 후회해야 했다.

서걱!

시슬란의 시선이 움직인다 싶은 순간 놈의 몸통이 반으로 쪼개졌다.

순간 시끄럽던 바닷새 무리가 잠잠해졌다.

선왕비가 말했다.

"이 새들은 마라카이라고 불리는 종이에요. 이 섬에서만 서식하죠. 주식은 돌고래인데, 가끔 별식으로 인간 고기도 즐기죠."

"탈옥수들을 잡아먹나?"

"그래요."

두 사람은 한결 조용해진 절벽을 올라갔다.

꼭대기에 올라서자 두껍고 높은 벽과 철문이 보였다.

감옥의 입구였다.

그 앞에는 검은 후드를 코까지 푹 눌러쓴 네 명의 사내가 있었다. 그들이 음침한 목소리로 물었다.

"누구시오?"

"나는 그대들이 섬기는 주군의 어미이니라."

"선왕비이시오?"

"그렇다."

"증명하실 방법은?"

"감히 내게 증명을 언급하고도 살아남길 바라는 것이냐?"

"이곳은 아무나 드나들 곳이 아니오. 증명할 수 없다면 순순히 돌아가시오."

"……."

이곳의 간수들은 설령 국왕이 왔다고 해도 변하지 않을 듯한 태도였다.

선왕비의 얼굴이 구겨졌다.

그녀가 품에서 백옥으로 조각된 패를 내밀었다. 둘레에는 금을 두르고 중앙에는 레드 다이아몬드를 박아 화려함이 극에 이른 패였다.

바로 왕족의 신분을 증명하는 패였다.

"이걸 보고도 무릎 꿇지 않겠느냐?"

"……."

그러나 간수들은 그녀에게 무릎을 꿇지 않았다. 다만 정중히 목례만을 하였을 뿐이었다.

"환영합니다."

그뿐이었다.

말은 환영한다지만 고저 없이 음침한 그들의 목소리는 여전했다. 그 말에 환영이라거나 존경 따위의 감정은 한 톨도 섞이지 않았다.

선왕비의 표정이 굳어졌다.

하지만 지금은 간수들의 태도 따위가 중요한 것이 아니었다. 그걸 망각할 만큼 선왕비는 감정적인 사람이 아니었다.

"문을 열어라."

철컹…… 끼이익…….

선왕비의 명에 간수들이 기계적으로 움직였다.

시슬란과 선왕비는 간수들의 안내에 따라 알카즈 감옥

안으로 들어갔다.

시슬란은 내부를 유심히 살펴보았다.

'과연······.'

절망의 감옥이라더니 그 말이 헛것이 아니었다.

간수들은 지극히 느리게 걸었다.

그럴 수밖에 없었다.

다섯 걸음을 걸을 때마다 함정 하나를 해체하여야 했으니 말이다.

그런 식으로 한 시간가량을 걸었다. 그때까지 시슬란과 선왕비가 본 것은 오로지 시커멓게 어두운 복도밖에 없었다.

복도는 끝없이 아래로 내려가기만 했다.

그동안 감방은 하나도 나오지 않았다.

시슬란이 선왕비를 돌아보았다.

"혹시 이곳의 감옥은 지하에 있소?"

"그래요. 지금 우리가 통과하는 길은 지하의 감옥과 지상의 출구를 이어 주는 유일한 통로죠."

"으음······."

길이 하나밖에 없는데 그 길마저 죽음의 함정으로 가득하다. 아무리 만반의 준비를 갖추어도 탈출이 불가능할 수밖에 없는 이유였다.

"그럼 죄수들의 식량이나 물은 어떻게 공급하는 거요? 길이 이래서야 식량을 가지고 내려가는 일도 만만치 않을 텐데."

그의 물음에 선왕비는 대답하지 않았다.

그녀는 묘하게 바뀐 표정으로 시슬란의 눈치를 볼 뿐이었다.

대답은 앞서 걷던 간수가 대신 했다.

"이곳에 보급은 없습니다."

"……."

"물도, 식량도, 그 어떤 것도 죄수들에게 주지 않습니다. 그들은 스스로 원하는 것을 찾아야 합니다."

'스스로?'

곧 시슬란은 그 말의 의미를 알 수 있었다.

어두운 지하에서 물도 식량도 없다면 방법은 둘 중의 하나였다.

굶어 죽거나, 서로를 먹거나.

선왕비가 대답을 안 한 이유가 그것이었다.

이런 아비규환에 카탈리나를 던져 놓았다니.

생각할수록 기도 차지 않았다.

선왕비를 보는 시슬란의 눈빛이 차가워졌다.

쿠구구구……

비로소 절망의 감옥 알카즈의 진면목이 드러났다.

가장 먼저 보인 것은 어두운 지하 공간이었다.

일행이 그곳으로 첫발을 디뎠다.

빠지직.

시슬란의 발밑에서 무언가가 밟혀 부서졌다.

문득 발아래를 보던 시슬란이 멈칫했다.

그의 발아래 부서진 새하얀 물체는 분명 사람의 대퇴골이었다.

'끔찍한 자급자족……. 그 말이 사실이었군.'

카탈리나가 이런 곳에서 지내야 했다고 생각하니 가슴이 찢어질 것만 같았다. 그녀가 너무나 걱정되었다.

"여백은 어디에 있소?"

앞서 나가려는 그를 선왕비가 제지했다.

"잠깐 기다려요. 이곳은 간수들도 내려오면 긴장하는 위험한 곳이에요. 함부로 움직였다간 죄수들에게 공격받을 수도 있어요."

가장 앞서 길을 열었던 간수가 느릿하게 그 말을 받았다.

"그 말씀이 옳습니다. 저들에겐 우리도 식량에 불과합니다."

간수의 말이 끝나기가 무섭게 지하 공동 곳곳에서 무언가가 지면에 스치는 기척이 들려오기 시작했다. 동시에 사방의 어둠 속에서 새파란 안광이 빛났다. 그 숫자가 거의 백을 넘겼다.

시슬란은 어둠을 꿰뚫는 시야를 지닌 루나리언이다.

간수들이나 선왕비에게는 그저 안광으로 보였지만 시슬란은 어둠 속에서 나타나는 이들의 실체를 똑똑히 볼 수 있었다.

"……."

너무나 헐벗은, 과연 인간이라 불러야 할지 의심이 가는 모습이었다. 게다가 눈빛 또한 인간의 것이 아니었다. 절망의 구렁텅이에서 살아남은, 간신히 살아가는 사람들. 이미 인간성의 마지막 끝자락까지도 상실한, 인간의 탈을 쓴 야수나 다름없었다.

그런 이들에게 말이 통할 리 만무하다.

간수들이 철봉을 들었다.

퍼억! 빠각!

간수들이 휘두른 철봉에 몇이 맞아 머리가 깨졌다.

"크으악!"

시범 삼아 몇을 죽이자 일행을 보며 식탐을 느끼던 안광들이 잠잠히 가라앉았다. 그들은 일행보다 손쉬운 먹잇감을 선택했다. 바로 방금 간수에게 맞아 죽은 동료들이었다.

"키헤헤헤헤헤!"

"크크큭! 크큭!"

우직, 콰지직, 와드득…….

어둠 속에서 살과 뼈를 뜯어 씹는 소리가 요란하게 들려왔다.

"가시죠. 여긴 여백 일행이 없을 겁니다."

이곳은 출구 근처라 가장 신선한 먹잇감, 즉 새로운 죄수들이 들어오는 구역이었다. 그렇기에 인간을 사냥하는 죄수들이 가장 선호하는 구역이기도 했다.

반면 보다 정상적인 죄수들은 더 안쪽의 구역에 있었다.

"그곳에는 약간의 지하수와 버섯이 자라는 구역이 있습니다. 여백 일행이 살아 있다면 그곳에 있을 확률이 가장 높습니다."

간수의 안내를 받아 일행은 주위를 경계하며 움직였다.

어두운 지하 공동은 몇 군데 구역으로 나뉘어 있었다. 그렇게 몇 개의 구역을 지나치자 물소리가 희미하게 들려왔다. 아까 간수가 말한 지하수인 것 같았다.

"이쪽입니다."

일행의 걸음이 빨라졌다.

물소리가 점점 또렷해졌다.

모퉁이 하나를 돌자 지하 공간에 자연적으로 생긴 작은 연못이 보였다.

그런데 연못에는 여백이나 그 일행이 아닌, 왜소한 체구의 사내가 하나 있었다. 방금 막 물을 떠 마시다가 낯선 기척을 느꼈는지 겁에 질린 표정으로 이쪽을 돌아보았다.

그런데 사내와 선왕비의 눈이 마주친 순간, 사내의 눈빛이 돌변했다.

"끄으윽?"

                    *   *   *

"후우…… 후욱!"

사내는 가쁜 숨을 몰아쉬었다.

『눈앞의 남자를 죽여라!』

선왕비와 눈을 마주친 순간부터 항거할 수 없는 목소리가 뇌리를 가득 채웠다. 그때부터였다. 사내의 전신에서 스스로도 이해할 수 없는 힘이 솟아나기 시작한 것은.

'뭐지? 내가 왜 이러는 거야?'

두려움과 의문을 느끼는 것도 잠시, 이성이 순식간에 날아갔다.

"크아아아아!"

괴성과 함께 사내의 육신이 급속도로 늙기 시작했다. 팽팽하던 사내의 피부가 푸석해지며 주름이 생겨났다. 고동

색 머리칼이 순식간에 칙칙한 회색으로 변했다.

그렇게 희생시킨 수명이 엄청난 힘으로 변화했다.

『죽여!』

뇌리를 울리는 목소리에 따라 눈앞의 남자, 시슬란을 향해 맹목적으로 달려들었다.

"......!"

상상을 초월하는 속도!

콰아앙!

사내의 주먹이 아슬아슬하게 시슬란을 스치며 바닥을 강타했다. 주먹이 땅을 뚫고 팔꿈치까지 들어갔다. 주먹이 꽂힌 주변으로 지름 3미터의 균열이 동심원을 그리며 퍼졌다. 그야말로 무지막지한 파괴력이었다.

"이건 대체 누구요?"

시슬란이 물었다.

그러나 대답 대신 돌아온 것은 간수의 철봉이었다.

부와아아앙!

아까 죄수들을 향해 휘두를 때와는 차원이 다른 힘과 속도! 가공할 기세마저 실려 있는 일격이 시슬란의 정수리를 향해 일직선으로 떨어졌다.

그러나 갑자기 이루어진 간수의 급습에도 시슬란은 당황하지 않았다.

순간 그의 전신이 일렁이며 그림자가 세 가닥으로 갈라졌다. 간수의 철봉은 허무하게 빈 그림자만 때렸다.

찌저적!

첫 격돌에서 간수 둘이 튕겨 나갔다. 그들의 상체와 하체는 이미 분리되어 있었다.

반면 시슬란은 아무런 상처도 입지 않았다.

그는 미쳐 날뛰는 사내마저 일격에 바닥에 꽂아 버리고 선왕비를 향해 움직였다.

몸통이 잘린 간수의 그림자 속으로 뛰어든 그가 선왕비의 그림자 속에서 모습을 나타낸 것은 순식간에 벌어진 일이었다.

'우선 팔부터.'

그는 선왕비를 제압해 놓고 이야기를 나눌 생각이었다.

그런데 그 순간이었다.

선왕비가 빙긋 웃으며 시슬란을 향해 돌아섰다. 그런데 그 모습이 평범하지가 않았다. 단지 돌아서는 단순한 그 동작이 너무나 물 흐르듯 자연스러웠던 것이다.

시슬란은 직감적으로 위험을 감지했다.

'이상하다.'

동시에 선왕비의 모습이 시야에서 사라졌다. 공기 찢어지는 소리가 귀청이 떨어지도록 커다랗게 울렸다.

츠파앙!

"……!"

시슬란이 반사적으로 몸을 틀었다. 화끈한 통증이 어깨와 팔뚝, 옆구리를 지졌다. 질풍과도 같은 바람이 스쳐 지나간 것은 그다음의 일이었다.

"우후후훗."

방금까지만 해도 마주 보고 있던 선왕비가 어느새 저기 멀리 등 뒤쪽에서 웃고 있었다.

"내게 습격 따위가 통할 것 같나요?"

선왕비의 비웃음이 저만치서 들려왔다. 눈 깜짝할 사이에 스무 걸음 정도의 거리를 이동한 것이다. 그녀 자신의 그림자마저 따돌릴 정도의 엄청난 속도였다.

그렇게 펄럭인 그녀의 외투 목깃, 그 사이로 시슬란은 분명히 보았다.

그녀의 목에 새겨진 머리 셋 달린 뱀의 문양을…….

"그대는…… 선왕비가 아니군?"

"그걸 이제라도 알았으니 다행이군요. 반가워요. 전 부활의 사도 십이 사제의 일원인 거미여왕 칼라라고 한답니다."

"칼라…… 십이 사제?"

"그대가 죽인 사야나, 타이드, 샤카라가 내 동료였다면 쉽게 이해가 갈까요?"

"그대가 진짜 선왕비를 죽였나?"

"그래요."

선왕비, 아니 거미여왕 칼라가 순순히 긍정했다.

"진짜를 죽이고 자리를 차지한 게 2년쯤 되었죠. 처음
며칠은 괜찮았어요. 그런데 제일 먼저 애새끼가 지랄을 하
기 시작하더군요. 글쎄, 내가 안기만 하면 우는 것 아니겠
어요?"

그녀가 말하는 애새끼는 바로 어린 국왕이었다.

생각해 보면 당연한 이야기였다.

아이들은 사람을 외모로 판단하지 않는다. 오히려 어른
보다도 더욱 민감하게 상대의 느낌을 알아차린다. 그 상대
가 어미라면, 그건 더욱 당연한 일이었다.

아마 아이는 칼라가 자신의 진짜 어미가 아님을 민감하
게 알았을 것이다. 그래서 매일같이 울었을 것이다.

칼라의 입가에 묘한 미소가 피어났다.

"이대론 안 되겠다 싶었죠. 그래서 아무도 모르게 왕부
터 죽였어요. 그리고 수렴청정을 표방하며 애새끼도 내게
접근을 못하게 했죠. 강하게 키운다나? 뭐, 그런 명분을 대
니까 그럭저럭 모두가 납득하더군요. 후후, 멍청한 것들."

"그럼 카탈리나는?"

"아아, 깜빡하고 알려 주지 않았군요. 이래 보여도 난 거짓말은 별로 좋아하지 않아요. 난 그녀에 대해서는 거짓말을 하지 않았어요. 여백은 진짜로 이곳 알카즈 감옥에 갇혔죠. 물론, 수하들은 빼고 혼자서. 아, 그렇다고 여기서 그 계집을 찾을 수 없다고 절망하지는 마세요. 잡아먹히거나 하지는 않았으니까. 아니, 오히려 멋진 작품으로 재탄생했을걸요?"

"……작품?"

"방금도 보셨을 텐데요?"

칼라의 매끈한 손가락이 바닥에 꽂혀 버둥거리는 사내를 가리켰다. 아니, 저걸 그냥 사내라고 부를 수나 있을까. 사내의 외모는 이미 70대 노인의 것처럼 변해 있었다.

"그쪽도 윈덤 성의 지하에서 봤겠죠? 저걸 만들기 위한 실험의 일환이었죠. 나약한 인간을 절대 무적의 병사로 재탄생시키는 위대한 실험. 우린 저걸 강화병이라 부르죠. 여긴 감옥이 아니라 그걸 제조하기 위한 시설이고."

"설마, 여백도 실험에 사용했다는 말인가?"

"확인해 보면 알겠죠?"

칼라가 어깨를 으쓱였다.

시슬란의 눈빛에 살기가 떠올랐다.

샤아아아!

그의 전신에서 심연의 어둠과도 같은 그림자가 사방으로 줄기줄기 뿜어졌다.

하지만 칼라는 그와 대적하고픈 생각이 전혀 없었다.

츠파앙!

이번에도 그녀는 빛살과 같은 속도로 시슬란의 공격을 피해 냈다.

그런 그녀가 작정하고 도주를 선택하자 시슬란도 그녀를 붙잡기가 쉽지 않았다.

게다가 방해꾼들도 속속 나타났다.

"크와아아악!"

"죽…… 죽여…… 크큭!"

아까 보았던 죄수들이 우르르 몰려왔다.

그런데 그들은 아까의 사내처럼 노화가 진행되며 초월적인 힘과 속도를 얻은 상태였다. 이들 모두가 사실은 개조된 강화병이었던 것이다.

놈들의 육체는 강철보다도 단단하고, 정신적으로 두려움이나 주저함을 몰랐다. 그렇기에 아무리 그림자를 다루어 놈들의 몸을 짓이겨도 고통이나 두려움을 느끼지 못하는 듯 끝도 없이 몰려들었다. 게다가 속도나 힘도 무시무시한 수준이라서 시슬란도 한꺼번에 처리하기가 만만치 않았다.

놈들을 상대하는 사이, 칼라와의 거리가 더욱 멀어졌다.

"내가 정면 대결로 그대를 당해 낼 것 같은가요? 아니니까 이런 계획을 짜고 당신을 함정에 빠뜨렸겠죠? 그래서 내 별명이 거미여왕이에요. 눈에 보이는 거미줄을 치기도 하지만, 실제로 내가 지닌 가장 강력한 거미줄은 바로 계략이죠. 오늘 그대를 이곳에 꽁꽁 묶어 놓기 위해 여백에게 역모의 죄를 씌우고, 그대에게 납치를 당하고, 여기까지 유인한 것처럼 말이에요."

츠팡! 츠파앙!

그녀는 수시로 위치를 바꾸면서 시슬란이 내뻗는 그림자로부터 몸을 피했다.

"어쨌건 나는 그대와 싸우기 싫어요. 귀찮으니까. 어차피 내가 손을 안 섞어도 여기서 알아서 죽어 줄 테니까. 그러니 이제 난 여길 나갈 거예요. 어디 잘해 봐요. 어쩌면 운이 좋아서 강화병들 사이에서 로젠 여백과 감동의 해후를 할 수 있을지도 모르겠죠? 물론 그 계집은 그쪽을 알아보지도 못하겠지만. 우후후훗!"

말을 마친 칼라는 그야말로 경쾌한 걸음으로 지하 공동의 출구를 향해 달려갔다.

시슬란이 강력한 일격으로 강화병들을 밀어내고 포위망을 돌파했을 때, 이미 칼라는 지하 공간 출구에 도착해 있었다.

그녀가 이죽거리며 출구 옆 레버를 향해 손을 뻗었다.

"바이바이."

끼리릭.

레버가 내려갔다.

동시에 지하 공간 전체가 붕괴하기 시작했다.

쿠르르르릉!

칼라가 빠져나간 출구를 시작으로 해서 붕괴가 가속화되었다.

시슬란의 전신에서 강렬한 기세가 피어났다.

샤아아아!

그로부터 피어난 기세가 주변의 모든 그림자를 잠식했다.

붕괴하던 바윗덩이가 그림자에 붙잡혔다.

그렇게 붕괴가 멈추는 듯 보였다.

그러나 그것은 섣부른 판단이었다.

콰르르르르!

바위 소리와는 또 다른 굉음이 지하 공간에 울리기 시작했다.

그 소리를 듣는 순간, 시슬란은 오래전의 기억을 문득 떠올려야만 했다.

그것은 바로 루나티카를 탈출하던 날 밤, 시슬란이 휩쓸려 내려오던 급류의 굉음과 닮은 소리였다.

설마?

시슬란의 눈썹이 꿈틀거리는 순간이었다.

콰콰콰콰콰콰콰!

무너진 바위틈으로 막대한 양의 바닷물이 쏟아져 들어오기 시작했다.

'지하 공간 전체가…… 침수되고 있어?'

붕괴, 침수.

시슬란은 그제야 상황을 깨달았다.

이제 곧 이곳에 있는 모든 사람이 죽게 될 것임을.

그렇기에 그는 칼라를 추격할 수가 없었다.

이곳 어딘가에, 어쩌면 카탈리나가 살아 있을지도 모른다는 희망을 버리지 않았기 때문이다.

아니, 하다못해 그녀의 시신이라도 직접 확인하기 전에는 희망을 버릴 수가 없었다.

그는 멀어지는 칼라의 뒷모습을 노려보았다.

콰콰콰콰콰!

그사이에도 붕괴는 더욱 가속되고 있었다.

2

한편, 알카즈 감옥 앞바다.

베르디스호의 갑판에서는 블랙비어드 선장이 초조한 걸음으로 서성거리며 시슬란을 기다리고 있었다.

"아, 씁! 왜 이렇게 안 돌아오시지?"

『조금만 기다려 봐. 때 되면 오겠지.』

베르디스가 선장에게 핀잔을 줬지만 그녀도 마음이 불안하기는 마찬가지였다.

그럴 수밖에 없었다.

단순히 감옥에 들어가서 죄수를 데리고 나오는 일이다. 그런데 시슬란과 선왕비는 알카즈에 들어간 지 반나절이 되도록 전혀 소식이 없는 상태였다.

"뭔가 일이 생긴 거 아냐? 내가 올라가 봐야겠다고. 야, 빨리빨리! 준비해라, 준비!"

참다못한 선장이 선원들에게 상륙용 보트를 준비하라고 외치려던 참이었다.

『잠깐, 낌새가 이상해.』

베르디스가 그를 제지했다.

그 직후였다.

쿠르르르릉……!

거대한 알카즈 감옥 섬 전체가 진동하기 시작했다. 그리고 빙벽 위에서 누군가가 모습을 드러냈다.

"선왕비?"

그녀를 알아본 블랙비어드 선장이 외쳤다.

함께 들어간 시슬란은? 그리고 석방시켜 데리고 나올 거라던 카탈리나는? 그리고 알카즈 섬의 이 진동은 대체 뭐란 말인가.

그가 의문을 표하려는 순간이었다.

파아앗…….

별안간 선왕비가 까마득한 절벽 위에서 몸을 날렸다.

"엇?"

그걸 보던 선원들이 저도 모르게 비명을 질렀다.

선왕비의 가냘픈 몸은 금방이라도 절벽 아래 바위에 부딪혀 산산조각 날 것만 같았다.

하지만 선원들이 생각하는 그런 끔찍한 사태는 벌어지지 않았다.

키아아아악!

절벽에 서식하는 거대 괴조 마라카이 무리가 선왕비를 발견하곤 날아올랐다. 그녀를 낚아채어 잡아먹기 위해서였다.

그러나 선왕비가 양팔을 밖으로 휘젓자 마라카이들이 보

이지 않는 실에 꽁꽁 묶인 것처럼 날개를 버둥거리다 아래로 추락해 버렸다. 선왕비는 추락하는 마라카이의 등에 달라붙어 몸을 바짝 낮추었다.

마라카이와 선왕비가 한 덩이가 되어 베르디스호의 갑판 위로 떨어졌다.

콰아아앙!

아래에 깔린 마라카이는 말 그대로 곤죽이 되어 버렸다.

반면 선왕비는 충격을 완화한 덕분에 털끝 하나 다치지 않은 모습이었다.

그걸 보던 블랙비어드 선장도, 선원들도 입을 딱 벌렸다.

베르디스가 심각한 어조로 말했다.

『저 여자, 원래 저런 능력이 있었나?』

그때였다.

저 높은 절벽에서 뛰어내리고도 멀쩡하던 선왕비가 갑자기 바다에 풍덩 뛰어들었다. 그리고 수영을 전혀 못하는 사람처럼 물속에서 허우적거리기 시작했다.

그녀는 교묘하게 파도를 이용해 산호초에 부딪치지도 않고 환초 지대 바깥까지 벗어났다.

"저건 뭐하는 거지?"

모두가 고개를 갸우뚱했다.

그녀를 구하러 배를 접근시켜야 하는 것 아니냐고 선원

들이 웅성거리기 시작했다.

토르카 항구 쪽에서 여러 척의 배가 모습을 드러내기 시작한 것도 그때쯤이었다.

접근하는 선단의 존재를 가장 먼저 알아차린 이는 망대 위에서 파수를 보던 선원이었다.

"선장님! 토르카 항구 방향에서 이곳으로 접근하는 선단이 있습니다!"

"뭐? 숫자는?"

"마, 많습니다."

"얼마나?"

"그게, 스무 척 정도 됩니다! 그리고…… 위에 있는 깃발의 문양이…… 맙소사! 토르의 무적함대입니다!"

"뭐야?"

선장의 표정이 일그러졌다.

동시에 베르디스가 탄식했다.

『꼼짝없이 속았군……!』

무적함대.

이는 토르의 해군이 지닌 별칭이었다.

북방의 강국 토르.

이들이 지닌 함대는 얼음 폭풍과 파도 속에서 단련되어 그 어떤 나라의 해군보다도 막강한 전력을 자랑했다. 북해에서는 당연히 최강의 존재였으며, 일설로는 남부 해양 왕국 키나발루의 해군과도 자웅을 겨룰 만하다는 말도 있을 정도였다.

그사이 스무 척의 무적함대가 빠른 속도로 거리를 좁혀 왔다. 그때까지도 선왕비는 바닷물 속에서 허우적거리고 있었다.

"사, 살려…… 어푸!"

거리가 어느 정도 가까워지자 무적함대에서도 선왕비를 발견했다.

그들은 미친 듯이 달려와 선왕비를 물에서 건져 냈다.

동시에 베르디스호를 향해 수기 신호를 보내왔다.

〈배를 멈추어라. 선왕비 납치에 대한 혐의로 그대들을 억류하겠다. 반복한다. 배를 멈추어라. 무의미한 저항이나 도주는 포기하길 바란다.〉

그걸 본 블랙비어드 선장이 얼굴을 와락 구겼다.

"니미, 뭐?"

돌아가는 분위기로 보아 선왕비 납치의 혐의를 베르디스호가 완전히 덮어쓴 것 같았다. 그리고 확실한 것은, 저 선왕비가 그런 혐의를 더욱 굳어지게 하는 행동을 일부러 하고 있다는 점이었다.

"우리, 큰일 났네⋯⋯."

『그래, 일 났네. 어쩌면 시슬란도 당했을지 몰라.』

"뭐?"

『안 그러면 선왕비 저년이 혼자 알카즈에서 나왔을 리가 없잖아.』

"크윽⋯⋯?"

치를 떠는 선장을 향해 베르디스가 말했다.

『분위기가 안 좋아. 일단 피하자.』

베르디스는 잠시의 망설임도 없이 곧장 뱃머리를 돌렸다.

그러나 도주도 쉬운 일이 아니었다.

지금 베르디스호는 알카즈에 상륙하기 위해 환초 지대의 중심에 들어와 있는 상태였다. 얕은 물길이 거미줄처럼 얼기설기 엮여 있는 이곳 환초 지대는 쉽게 빠져나갈 수 있는 곳이 아니었다. 조금만 부주의하게 움직였다간 산호초에 배가 걸려 움직이지도 못하는 신세가 되거나 심한 경우 배에 구멍이 날 수도 있었다. 더욱이 스무 척의 전함이 환초 지대 둘레를 완전히 포위하고 있는 상황에서는 더더욱 그러했다.

게다가 아직 알카즈에는 시슬란이 있었다.

그를 두고 혼자 도망칠 수도 없었다.

블랙비어드 선장이 이를 갈았다.

"빌어먹을. 일단 버틴다. 전투 준비!"

그는 항전을 선택했다.

10장.

야니카와의 재회

1

　같은 시각, 알카즈 내부.

　지하 공간에는 막대한 양의 바닷물이 쏟아져 들어와 급류를 형성하고 있었다.

　시슬란의 표정이 굳었다.

　거대한 물줄기를 막을 수는 있다.

　그러나 상황은 절대 호락호락하지 않았다.

　섬 전체가 가라앉고 있으니 물줄기만 막아 낸다고 될 일이 아니었다.

　게다가 그는 최근 너무 많은 힘을 사용해서 많이 지친 상태였다. 그 때문에 평소 능력의 반도 내지 못하고 있었다.

애초에 칼라를 놓친 것도 그런 이유가 컸다.

어쨌건 재난은 점점 규모를 키워 가고 있었다.

"크아아아악!"

"살려 줘!"

차가운 얼음물 급류에 휩쓸린 죄수들이 처절한 비명을 내질렀다. 누군가는 차가운 물에 빠지자마자 심장마비에 걸려 편안한 죽음을 맞이했고, 누군가는 급류의 힘에 떠밀린 나머지 바위에 틀어박혀 온몸이 으스러지는 처참한 죽음을 맞이했다.

그걸 보는 시슬란의 심정도 초조해졌다.

'카탈리나⋯⋯!'

이곳 어딘가에 카탈리나가 있을 것이다.

물론 선왕비, 아니, 부활의 사도 칼라의 말을 신뢰할 수는 없지만 확인하기 전에는 그녀가 없을 거라 단정할 수도 없었다.

'최대한 빨리 그녀를 찾아내고 이곳을 빠져나간다.'

그는 주변을 살피는 것을 멈추지 않았다.

그러기를 잠시, 죄수들의 아비규환 속에서 색다른 용모의 사람을 발견할 수 있었다.

보는 순간 알 수 있었다.

온통 남자뿐인 알카즈의 죄수들, 그들과 달랐다.

여자였다.

'그녀다!'

시슬란은 즉시 그녀의 그림자를 지배했다. 그리고 급류에 휩쓸리려던 그녀를 자신 쪽으로 끌어당겼다. 다행히 그녀는 간발의 차이로 시슬란의 품에 안겼다.

그런데…….

'으음?'

안고 보니 그가 기억하는 카탈리나보다 훨씬 체구가 컸다.

그럼 대체?

시슬란은 재빨리 자신의 품에 안긴 여인의 얼굴을 확인했다.

순간 그는 할 말을 잃을 수밖에 없었다.

그의 품에 안긴 여인, 그녀는 바로 단칼의 야니카였다.

2

로젠 백작가가 토르 국왕의 군대에 토벌당하던 때의 이야기다.

이미 야니카는 예전보다 훨씬 강해진 상태였다. 다만 스스로 그것을 잘 깨닫지 못하고 있을 뿐이었다.

로젠 백작가를 토벌하러 온 왕국군의 기사 5명과 싸우며 그녀는 처음으로 자신이 스스로 생각했던 것 이상으로 강해졌음을 깨달았다.

좁은 발코니에서 맞붙었음에도 살아남은 이는 그녀 쪽이었던 것이다.

원래는 시슬란에게 전서구를 보낸 것으로 자신의 사명을 다한 것이라 생각하고 있었다. 그걸 마지막으로 죽을 거라 각오하고 있었다.

그러나 살아남았다.

살아남게 되자 욕심이 생겼다.

주군을 구한다.

그녀는 다시 비밀 통로로 도망쳤다. 우여곡절이 많았지만 가까스로 포위망을 벗어날 수 있었다.

그때부터 야니카는 토르카로 회군하는 왕국군의 뒤를 밟았다. 어둠 속에서 사냥감을 주시하는 고양잇과 맹수처럼 조용히 숨을 죽이고서 기회를 기다렸다.

그러다가 마침내 기회가 왔다.

원래 사람은 처음에는 긴장하다가도 안전한 상황이 계속되면 결국 긴장을 풀게 마련이다.

왕국군 병사들도 그랬다.

로젠 백작가를 제압한 직후에 그들의 경비는 삼엄했다. 하지만 날이 갈수록 느슨해졌다.

가까스로 생긴 기회를 야니카는 놓치지 않았다.

그녀는 왕국군 진영으로 잠입하였다. 그리고 마침내 카탈리나가 갇혀 있는 곳에까지 들어갔다.

"야, 야니카?"

카탈리나는 소스라치게 놀랐다.

그럴 수밖에 없었다.

죽었으리라 생각했다. 따라 죽을까 생각도 해보았다. 그럴 정도로 투항을 결정했던 자신의 어리석음을 자책하고 있던 카탈리나였다.

둘은 서로를 끌어안고 뜨겁게 울었다.

먼저 말을 꺼낸 쪽은 야니카였다.

야니카가 품속에서 은으로 만든 펜던트를 꺼내 보였다.

그걸 본 카탈리나의 표정이 굳어졌다.

펜던트는 마법 장치였다. 며칠 동안 펜던트를 지닌 사람끼리 외모를 바꿔 주는 마법이었다.

사실 지난날 스카나 족의 침략 때 카탈리나는 지극히 위험한 지경에 처한 적이 있었다. 그때의 일이 교훈이 되었다. 영주가 위급에 처할 때 신하와 외모를 바꾸어 탈출할 수 있는 도구. 그걸 목적으로 거금을 들여 이 펜던트를 만들었던 것이다.

"이제 이걸 쓸 때가 되었습니다."

"야니카, 안 돼."

"됩니다. 지금 써야 합니다."

"안 돼. 난 그럴 수 없어."

카탈리나는 펜던트의 사용을 거부했다.

지금 자신은 이단의 죄로 끌려가고 있다. 그런 자신과 외모를 바꾼다는 건…… 죽음의 길로 들어가는 것이다. 누구보다도 그걸 잘 아는 카탈리나였다.

그렇기에 결코 야니카의 의견을 받아들일 수 없었다. 야니카라도 살리고 싶었다.

"차라리 함께 도망치자. 응?"

"안 됩니다. 그랬다간 금방 추격대가 따라붙을 겁니다. 그렇게 되면 정말로 둘 다 죽을 수밖에 없습니다. 제발 제 말을 들으세요."

야니카의 거친 손이 카탈리나의 고운 손을 맞잡았다.

뜨거운 체온이 전해졌다.

그보다 더욱 뜨거운 눈길로 야니카가 카탈리나를 마주 보았다. 그녀는 어린 시절 주군을 부르던 호칭을 오랜만에 입에 담았다.

"아가씨, 제가 여기서 도망치면 살 수 있을 것 같습니까? 주군을 지키지 못한 채 혼자서 염치없이 살아갈 수 있을 것 같습니까?"

"……."

"제가 여기서 도망치면 당장은 목숨을 부지할 수 있을지도 모릅니다. 하지만 여기, 제 가슴은 죽습니다. 기사로서 주군께 충성을 바치고 헌신을 맹세했던 제 마음은 죽습니다. 영혼이 죽은 채 껍데기만 남아 숨만 쉬다가 언젠가 육신마저도 재가 되어 버릴 겁니다. 그때까지 저는 살아도 사는 게 아닌 겁니다. 제게 그것은 죽음보다 더한 형벌입니다. 정녕 그러길 원하십니까?"

"야니카……."

두 사람은 숨죽여 울었다. 그리고 펜던트를 사용하여 서로의 외모를 바꾸었다. 언젠가 살아서 다시 만나는 날 제대로 웃자고 약속하며.

카탈리나의 얼굴을 한 야니카가 철창 안으로 들어갔다.

야니카의 얼굴을 한 카탈리나가 야영지 밖으로 도망쳤다.

그렇게 야니카는 주군을 대신하여 토르카로 압송되었다. 그리고 선왕비에 의해 절망의 감옥 알카즈에 수감되었다.

다행히 알카즈에 수감되고 나서야 펜던트의 마법이 풀렸다. 덕분에 칼라는 카탈리나가 아닌 야니카가 이곳에 있을 거라고는 상상도 못했다.

알카즈는 말 그대로 지옥이었다.

이곳에 있는 죄수들은 아귀나 다름없었다. 그들은 호시탐탐 야니카를 잡아먹으려 들었다. 게다가 이곳엔 간수들이 사용하는 유일한 출입구를 제외하면 따로 탈출구도 없었다.

위험은 그것 말고도 더 있었다.

이곳은 단순한 감옥이 아니었다. 감옥 가장 깊숙한 곳에 비밀의 실험실이 마련되어 있었던 것이다.

그곳으로 끌려갔다가 나온 죄수들은 이상하게 변했다.

전에는 그토록 걸신들린 듯 행동했던 식인귀들이 전혀 식탐하지 않게 되었다. 괴성을 지르는 일도 없어졌으며, 며칠이 넘도록 물만 마시고도 멀쩡한 모습이었다. 그러나 때때로 비치는 그들의 섬뜩한 눈빛은 그들이 정상적인 인간이 아니게 되었음을 명확히 알려 주고 있었다.

마침내 야니카에게도 그들의 마수가 뻗쳐 왔다.

'날 저곳으로 끌고 가서 똑같이 만들려는 거야!'

정확히 어떤 실험을 하는지 몰랐지만 저기에 끌려가서 결코 좋을 게 없다는 사실만은 너무나 확실했다.

그녀는 끌려가지 않으려 결사적으로 저항했다.

몇 번인가 위험한 순간도 있었지만 간신히 도망쳤다. 그녀는 수도 없이 죽을 고비를 넘겨야 했다.

그렇게 악착같이 살아남았다.

하지만 점점 한계에 내몰렸다.

식인이 아니고는 배고픔을 벗어날 수 없는 장소, 알카즈.

그녀는 이곳에 온 이후로 동굴에 낀 이끼와 물 몇 모금으로 간신히 버텨 왔다. 날이 갈수록 기력이 떨어졌고, 때때로 환각마저 보였다.

결국 그녀는 도망칠 수도 없는 구석에 내몰리고 말았다.

"크크크크……."

죄수들이 그녀를 향해 다가왔다.

이대로 붙잡히면 저 불길한 실험실로 끌려갈 것이다.

그 생각을 하자 미칠 것만 같았다.

그러나 그렇게 될 수는 없었다.

으드득!

'호락호락 당하진 않으리라! 명예를 지키리라!'

죽더라도 그런 치욕을 당하지는 않겠다고 결심했다.

그렇게 그녀는 최후의 싸움을 준비했다.

그때였다.

쿠쿠쿠쿠쿠……!

지하 공동이 전에 없이 흔들리며 굉음이 사방에서 들려왔다. 깜짝 놀란 그녀와 죄수들이 고개를 들어 올리는 순간, 쏟아져 들어온 차가운 바닷물이 모두를 휩쓸었다.

"크윽! 어푸!"

필사적으로 버둥거렸지만 강력한 물살은 인간의 힘으로 저항할 수 있는 것이 아니었다. 점점 팔다리의 힘이 빠져갔다.

'이렇게 죽는구나.'

고작 물에 빠져 죽는 게 마지막이라니, 허무해서 웃음이 나왔다. 그렇게 야니카는 모든 희망을 포기했다.

그런데 그때였다.

샤아아아아!

허우적거리던 야니카의 그림자가 허리를 껴안았다.

파학!

물보라와 함께 그녀의 몸이 물 밖으로 쑥 딸려 나왔다.

그 순간 이미 그녀는 정신을 잃은 상태였다.

하지만 그런 그녀의 사연을 시슬란이 알 리가 없었다.

그는 이곳에서 야니카를 만났다는 사실에 반가움을 느끼는 한편, 카탈리나의 안위가 걱정되기도 하였다.

"야니카, 야니카. 정신을 차려!"

"으으음······!"

반쯤 기절해 가던 그녀였지만 시슬란이 뺨을 두드리자

가까스로 정신을 차렸다. 시슬란을 본 그녀는 놀라 토끼 눈을 떴다.

"시, 시슬란?"

"지금은 인사보다 질문부터. 카탈리나는?"

잠시 혼란에 빠졌던 야니카는 얼음장처럼 차가운 급류와 붕괴하고 있는 지하 공간을 보고는 곧 상황을 깨달았다. 시슬란이 카탈리나를 구하기 위해 이곳까지 왔다는 사실도.

그런데 왜였을까.

갑자기 야니카는 까닭 모르게 마음속 한편이 울컥하는 것을 느꼈다. 그것은 스스로도 당황스러울 정도로 강렬한, 생전 처음 느끼는 불가사의한 감정이었다.

야니카의 대답이 퉁명스럽게 나왔다.

"여기 안 계셔."

"이곳엔 너밖에 없었던 건가?"

"그, 그래."

대답을 해놓고도 그녀는 자신이 왜 퉁명스러운 대답을 했는지 깨닫지 못하여 당황스러운 기분이 들었다.

어쨌거나 상황은 급박했다.

자욱한 먼지와 싸늘한 물안개, 죄수들의 비명이 섞인 지하 공간은 그야말로 아비규환이 되어 가고 있었다. 이 와중에도 죄수들은 자기만이라도 살아 보고자 옆 죄수의 머리를 물속에 짓눌러 급류에 휩쓸리는 것을 피하고자 했다. 그런 행동들이 더욱 혼란을 부추겼다.

'빠져나갈 길은?'

아무리 둘러봐도 빠져나갈 길은 전혀 보이지 않았다. 게다가 이미 그가 있는 곳까지 물이 차오르는 상황이었다. 얼마 지나지 않아 지하 공간 전체가 물에 잠길 것 같았다.

'그렇다면 유일한 통로는 저기다.'

그가 내려왔던 출입구 하나밖에 없었다.

그런데 그곳으론 지금도 대량의 해수가 쏟아져 들어오고 있었다.

해수의 압력과 무게는 상상을 초월할 정도.

만약 제피를 데려왔다 해도, 초거대 골렘으로서도 버티기 어려울 정도의 가공할 압력과 무게가 실려 있을 것이었다.

그러나 달리 나갈 길이 없었다.

시슬란은 도박을 감행하기로 했다.

"야니카."

"응?"

"절대로 떨어지지 마."

"아, 알았어."

서로의 옷을 묶은 직후, 시슬란이 주변의 그림자를 지배하기 시작했다.

샤아아아……!

이 지하 공간은 전체가 그늘.

햇볕이라곤 한 점도 없는 장소였다.

그렇기에 시간을 들여 시슬란이 집중에 집중을 더하자 공간 전체가 그의 지배에 놓였다.

그리고 시슬란이 걸음을 옮겼다.

한없는 어둠, 그림자의 경계 속으로.

좌아아아악!

가공할 물줄기가 그가 있던 자리를 강타했다.

그러나 이미 시슬란과 야니카는 그 자리에 없었다.

3

'맙소사, 여긴…… 어디야?'

물줄기가 자신을 덮치기 직전, 눈을 질끈 감았던 야니카였다.

이젠 끝이구나 싶었다.

동시에 떠오른 상반된 감정의 홍수.

주군인 카탈리나를 보지 못하고 죽는다는 사실이 서러웠

다. 그러나 한편으로는 최후의 순간에 시슬란이 곁을 지켜 준다는 사실에 위안이 되었다.

'난 대체 뭘 생각하는 거지? 이 기분은 대체 뭐야?'

당혹스런 감정에 눈을 뜬 그녀는 눈앞에 펼쳐진 광경을 보고는 더욱 커다란 당혹감에 휩싸이고 말았다.

기이한 풍경이 눈앞에 펼쳐져 있었다.

쏴아아아아……!

물줄기에 쓸려 가는 지하의 풍경.

방금까지 그녀가 있었던 풍경이었다.

그러나 지금은 달랐다.

그녀는 그 풍경의 일부가 아니었다.

'죽은 건가?'

죽어서 육신을 잃고 영혼만 남으면 이런 광경을 보게 되는 걸까.

하지만 아니었다.

검사로서 갈고닦은 예리한 감각은 아직 자신의 심장이 힘차게 뛰고 있다는 사실을 너무나 명확히 인지했다. 자신의 호흡이 평소보다 훨씬 거칠다는 사실도 깨달았다.

그렇다. 그녀는 살아 있었다.

그런데 어떻게 눈앞에 펼쳐진 광경이, 주변의 모든 풍경이 그녀로부터 분리된 것처럼 느껴지는 걸까. 물줄기 속에

있으면서도 어떻게 물살에 휩쓸리지도 않고, 심지어 몸이
한 방울도 젖지 않는 걸까.

답은 곧 드러났다.

그녀의 허리를 껴안은 강한 팔뚝.

'시슬란?'

소리 내어 부를 수는 없었지만 그가 맞았다.

그러나 시슬란을 돌아본 그녀는 소스라치게 놀랄 수밖에
없었다.

'시슬란!'

유독 칠흑처럼 검은 시슬란의 머리칼이 은색으로 변하고
있었다. 그의 안색도 창백했다. 심지어 입술마저도 새하얗
게 질려 있었다. 오로지 주홍빛으로 빛나는 눈동자를 제외
하고는 그의 전신이 새하얗게 변하는 듯한 착각마저 이는
모습이었다.

'전력을 기울이고 있어.'

시슬란의 그런 모습은 처음 보는 그녀였다.

그러는 동안에도 주변의 풍경은 급변하고 있었다. 시슬
란이 한 걸음을 옮길 때마다 수 미터에서 수십 미터씩 이동
하고 있었기 때문이다.

샤아아아……!

지금 시슬란과 야니카는 물질과 비물질의 경계라 할 수

있는 그림자의 세계에 한 발을 들여놓은 상태였다.

그건 마주 보고 있는 양쪽 절벽 사이에 밧줄도 아닌 실을 걸어 놓고 그 위를 아슬아슬하게 걷는 것과 똑같았다. 어찌 보면 자칫 한 걸음만 삐끗해도, 실바람 한 번에 균형만 잃어도 천 길 낭떠러지로 떨어지는 것보다 더욱 위험했다.

그러나 지금은 이 방법이 유일한 희망이었다.

아무리 시슬란이라고 해도 수억 톤이 넘어가는 바닷물의 무게와 압력을 이겨 내며 좁은 통로를 거슬러 올라갈 방법이 없었다.

오로지 가능성이 있다면, 자신의 몸을 그림자의 영역에 두고서 움직이는 방법만이 존재할 뿐이었다.

물론 혼자였다면 훨씬 쉬웠을 것이다.

그러나 지금은 야니카가 함께였다.

그래도 그녀를 포기할 수는 없었다.

그렇기에 그는 야니카를 데리고 그림자의 영역을 걷는 도박을 감행하고 있는 것이었다.

샤아아아……!

넓은 공동을 지나 통로의 입구를 헤치고 좁은 길을 거슬러 올라갔다. 한 걸음을 디딜 때마다 아찔한 현기증이 엄습했다. 잠시만 집중력을 잃어도 그대로 정신을 잃을 것만 같았다.

그렇게 되면 결과는 죽음뿐.

좁은 통로 속에서 막대한 압력의 해수에 짓눌려 온몸이 으스러지고 말리라.

'조금만…… 조금만 더…….'

이미 입술은 피투성이.

의식이 흐려질 때마다 입술을 깨물었다.

뾰족한 통증이 날카로운 정신을 붙잡았다.

그렇게 걸음걸음에 사투를 벌였다.

그러나 아직 통로의 끝은커녕 절반도 오지 않은 상태였다.

그런 그가 뭔가를 발견한 것은 아직 할 수 있다는 생각과 이젠 틀렸다는 생각이 자꾸만 교차하며 떠오를 무렵이었다.

'저건 뭐지?'

처음엔 정신이 흐려져 잘못 본 것이라 여겼다.

그런데 자세히 보니 그게 아니었다.

좁고 기다란 수중 통로의 어느 지점에 전엔 없던 불빛이 보였다. 자세히 보지 않았다면 있는지도 몰랐을, 그야말로 단춧구멍 정도로 매우 작은 구멍에서 새어 나오는 불빛이었다.

'아까 내려올 때는 이런 게 없었는데?'

구멍 주위로는 벽이 심하게 훼손되어 있었다. 아마 바닷물이 쏟아져 들어오며 부서진 것 같았다.

시슬란은 구멍에 다가갔다.

빛이 새어 들어오고 있었다.

구멍 뒤로 공간이 보였다.

'숨겨진 공간이 있었어.'

희망이 보였다.

시슬란은 최후의 기력을 짜내어 건너편 공간을 향해 이동했다.

샤아아아!

털썩!

"큭!"

벽을 통과한 직후, 그림자의 영역에서 물질의 영역으로 빠져나와 바닥을 나뒹굴었다.

시슬란은 숨을 고르며 자신이 도착한 곳을 관찰했다.

이곳은 뜻밖에도 넓었다.

게다가 새하얀 대리석 바닥과 반듯하게 깎은 벽, 천장을 갖춘 장소였다. 곳곳에 서 있는 제단과 기둥은 심하게 낡았지만 분명 사람의 건축물이었다. 마치 버려진 사원처럼 보였다.

하지만 이곳도 그리 무사한 것은 아니었다.

촤아아아악!

방금 시슬란이 발견했던 작은 구멍을 통해 지하 통로로 흐르는 바닷물 일부가 역류해서 분수처럼 뿜어져 나오고 있었다. 게다가 구멍이 시시각각 넓어지는 중이었다.

'막아야⋯⋯.'

그렇지 않으면 결국 이 장소도 침수되고 말리라.

그러나 애석하게도 시슬란은 방금 모든 힘을 소진한 상태였다. 그의 머리칼은 완벽한 은빛으로 탈색되었고, 천장의 빛이 드리움에도 그의 몸 아래에는 그림자가 생기지 않았다.

그렇다고 이대로 손 놓고 있을 수는 없는 일이었다.

으드득!

상체를 일으켜 구멍을 향해 기었다.

마지막 남은 모든 힘을 짜내어 팔을 뻗었다.

부서져 굴러다니던 조각상 일부가 잡혔다.

콰직!

조각상으로 구멍을 내리찍었다. 한 번, 두 번⋯⋯ 부서진 조각상 파편이 구멍을 완전히 틀어막을 때까지 그는 멈추지 않았다.

결국 구멍이 막혔다.

쏟아져 들어오던 물줄기가 가라앉았다.

그러나 시슬란은 다시 움직일 줄을 몰랐다.

마지막으로 조각상을 내리치는 순간, 힘이 다하여 정신을 잃고 만 것이다.

어떤 신을 모시는지도, 목적도 불분명한 버려진 사원에는 쓰러진 시슬란과 야니카의 숨소리만 고요하게 흘렀다.

11장.

각성하다

1

"으음!"

먼저 정신을 차린 쪽은 야니카였다.

"여긴…… 어디야?"

몸을 일으키던 그녀는 저도 모르게 흠칫했다.

정신을 잃기 직전의 상황이 떠오른 까닭이었다.

'그래, 난 형언할 수 없는 이상한 공간에서 시슬란과 함께…… 시슬란?'

곁에 시슬란이 없었다.

대체 어디에? 혹시 일이 잘못된 건…….

허겁지겁 사방을 둘러보던 그녀의 눈에 저만치 쓰러진

시슬란의 모습이 보였다.

"시슬란!"

황급히 그를 끌어안아 일으키던 그녀가 멈칫했다.

"아……."

그의 용모가 너무나 달라져 있었다.

검은 머리칼이 완전히 은색으로 변해 있었고, 얼굴은 시체처럼 창백했다. 게다가 그림자가 드리우지 않아 너무나 낯설게 보였다.

'그림자가 사라지다니, 이게 가능한 거야?'

어쨌거나 시슬란의 상태는 매우 좋지 않아 보였다. 몸에 온기라곤 없어서 숨을 쉬고 있지 않았다면 죽은 걸로 착각했을 정도였다.

"불! 불을 피워야 해."

시슬란을 자리에 눕힌 야니카는 버려진 사원을 바삐 탐색했다. 불을 피울 나무, 하다못해 종이라도 찾아야 했다.

사원은 넓었다.

어떤 원리로 천장이 스스로 환하게 빛나는지는 알 도리가 없었지만 이곳이 버려진 곳이라는 사실은 확실했다.

그것이 야니카에겐 행운이 되었다.

버려진 집기나 가구가 조금 있었던 까닭이다.

집기 몇 개를 가져와 잘게 부쉈다. 그리고 능숙한 솜씨로 불을 피웠다.

그러는 사이에도 시슬란의 몸은 더욱 차가워져 있었다.
불가에 눕혀도 그의 안색은 여전히 창백했다.

결국 야니카는 자신이 입고 있던 겉옷을 벗어 시슬란에
게 입혔다. 그것도 모자라 그를 꼭 끌어안고 모닥불의 온기
를 쬐었다.

타닥…… 타닥…….

몸이 따뜻해지자 비로소 잊고 있던 피로가 한꺼번에 몰
려왔다.

힘든 하루였다.

알카즈에서 보낸 시간도 힘겨운 나날이었다. 그런데 이
렇게 시슬란과 함께 불을 쬐고 있자니 이게 현실이 맞나 싶
은 기분마저 들었다.

문득 아까 자신을 구하기 위해 시슬란이 전력을 기울이
던 모습이 떠올랐다.

괜히 가슴이 두근거렸다.

'언제까지고 여기서 함께 있는다면…… 내, 내가 무슨
생각을!'

스스로 생각해도 어이가 없었다.

그래서 시슬란을 더욱 강하게 껴안았다. 그녀의 강력한
완력 때문에 시슬란의 허리에서 뚜둑거리는 소리가 잠깐

났지만 그녀의 귀엔 제대로 들리지도 않았다. 들을 정신이
아니었다.

그 탓에 야니카는 몰랐다. 조금 전부터 시슬란이 깨어나
있었음을.

"……설마 나에 대한 원한을 몰래 품고 있었나?"

"꺄악!"

품속에서 갑자기 들려온 시슬란의 목소리에 야니카가 화
들짝 놀랐다.

전혀 생각도 못 하다가 목소리가 들려 놀란 탓도 있었지
만 방금 자신이 벌인 행각을 눈치채었을까 덜컥 겁이 난 탓
도 컸다.

'호, 혹시 들킨 건가?'

두쿵! 두쿵!

심장이 입으로 튀어나올 것 같은 감각!

마치 혼자인 줄만 알고 마음껏 콧구멍을 파다가 누군가
와 눈이 딱 마주쳤을 때의 그런 느낌!

다행히도 시슬란은 그녀의 행동을 지적하지 않았다.

둘 사이에 어색한 침묵이 흘렀다.

야니카는 애꿎은 땔감만 계속 모닥불에 던져 넣었다.

그러던 도중이었다.

"잠깐."

시슬란이 야니카를 불렀다.

"그 목판, 뭐지?"

"어? 이거?"

야니카는 고개를 갸웃거리며 막 모닥불에 던져 넣으려던 목판을 시슬란에게 건넸다.

'뭐지? 별거 아닌 것 같은데.'

목판은 겉보기엔 평범했다. 뭔지 알 수 없는 괴상한 문자로 가득 채워져 있다는 점만 뺀다면.

그 문자를 본 시슬란의 표정이 굳었다.

'이건……'

루나티카의 황실 문자였다.

솔라리스의 이름 모를 지하 공간 밑바닥에 갑자기 루나티카의 황실 문자라니?

시슬란의 눈동자가 좌우로 움직였다.

'태초에 혼돈의 신이 있었다. 그는 자신이 유한함을 깨달았다. 그리하여 씨앗을 만들었다. 다음 대의 신을 품은 씨앗이었다. 최초의 신은 그 씨앗을 로열블러드라 불렀다. 말 그대로 로열블러드는 신을 담은 씨앗이었다. 잠깐, 로열블러드……?'

로열블러드.

그가 알기로 그것은 루나티카 황족을 일컫는 말이었다.

최초의 로열블러드이자 황실의 시조인 샨 대제, 그로부터 긴 세월을 이어져 온 이름인 것이다.

시슬란의 눈동자가 다시 목판의 글씨로 향했다.

'지상에 무수한 로열블러드가 뿌려졌다. 혼돈의 신은 그들이 스스로의 경험과 지혜를 양분으로 삼아 새로운 후대의 신으로 성장하길 바랐다. 하지만 혼돈의 신은 한 가지를 간과하였다. 그것은 바로 지상에 거주하는 인간이라는 종족 특유의 끝없는 탐욕이었다……'

그가 더 자세히 읽기 위해 목판에 낀 이끼를 손으로 쓸어 냈다. 그러자 목판이 웅웅거리며 그의 손길에 진동하기 시작했다.

공명.

진동이 글씨를 흔들었다.

글씨에 영롱한 푸른빛이 맺혔다.

빛의 줄기가 시냇물처럼 흘렀다.

강물이 되어 도도하게 굽이쳤다.

폭포가 되어 쏟아져 나왔다.

허공에 빛의 군무로 빚은 영상이 펼쳐졌다.

2

영상 속에서 무언가 꾸물거리는 수많은 형체가 보이기 시작했다.

처음에는 흐릿했지만 시간이 지나며 또렷해졌다.

수많은 사람, 병사들…….

그들은 군대였다.

군대가 행군을 하고 있었다.

지금의 솔라리스 대륙의 병사들과는 다른 모양의 갑옷과 투구, 방패를 들고 있는 병사들이었다.

시슬란은 영상을 보면서도 목판의 글씨를 계속 읽었다.

'탐욕…… 그것은 혼돈의 신이 인간에게 준 유일한 선물이자 무기였다. 인간은 맹수와 같은 발톱이나 빠른 다리, 튼튼한 날개가 없었다. 엘프와 같은 지혜도, 드워프의 결단력도, 오크의 강인함도 지니지 못했다. 말 그대로 그들은 가진 것이 없었다. 그래서 혼돈의 신은 인간에게 욕망이라는 감정을 주었다. 그들이 모자란 것을 조금이라도 스스로 보충하길 바라는 측은한 마음에서였다…….'

군대의 행군은 계속 이어진다.

'하지만 혼돈의 신도 욕망을 깨달은 인간이 어떻게 변화할지는 예측하지 못했다. 그것이 실수였다. 인간은 끝없이 추구했다. 처음에는 미약했지만, 결국엔 다른 모든 종족을 압도하기에 이르렀다. 그때쯤 로열블러드가 지상에 뿌려졌다. 로열블러드 중에는 엘프나 드워프, 오크가 아닌 인간들에게 거두어져 키워진 이들도 있었다. 그들은 자신을 거둔 종족에게서 많은 것들을 배우고 습득했다. 탐욕 또한 마찬가지였다. 곧 탐욕의 감정을 지닌 로열블러드가 출현했다. 그것은…… 재앙이었다…….'

영상 속에서는 행군을 마친 군대가 광활한 벌판에 병력을 포진시켰다.

큰 싸움이 임박한 듯 병사들의 얼굴에는 적당한 긴장과 공포, 흥분이 공존하고 있었다.

그 병사들이 노려보는 들판의 건너편, 그곳에 군대가 상대할 적이 홀로 서 있었다.

사내는 혼자였다.

'크라갈…… 역사상 최강이자 최악의 로열블러드가 탄생하였다.'

크라갈이란 이름을 지닌 사내는 광활한 대지와 드높은 하늘 사이에 오롯이 서서 지평선을 가득 메운 군대를 노려보았다.

곧이어 펼쳐진 상상을 초월하는 광경!

시슬란은 숨을 죽여야만 했다.

사내의 눈짓에 산맥이 증발했다.

손짓에 바다가 뒤집혔다.

고함에 하늘이 무너져 내렸다.

'신에 가장 근접했던 로열블러드…… 하지만 크라갈은 통치가 아닌 파괴를 원하였다. 자신을 제외한 세상 모든 존재를 소멸시킨 뒤에 새로운 자신만의 세상을 창조하고자 마음먹었다.'

사내, 크라갈과 세상 전체의 전쟁이 벌어졌다.

세상의 모든 종족이 소멸당하지 않기 위해 연합하여 일어섰다.

'하지만 크라갈은 너무나 강력했다. 그 하나를 상대하기 위해 수천만의 인간들이 시체로 산을 쌓고 핏물로 바다를 만들어야 했다. 그래도 인간은 운이 좋은 축에 속했다. 고대의 가장 강력했던 존재인 드래곤들은 전쟁의 와중에 크라갈의 손에 의해 멸종되었다. 엘프를 비롯한 유사 인종들도 마찬가지였다. 인구가 적은 것이 가장 치명적인 원인이었다……'

영상 속의 참상은 절정에 다다르고 있었다.

한 손으로 드래곤의 목을 뽑고 말 한마디로 드워프의 지하 궁전을 무너뜨렸다.

크라갈은 측량조차 불가능한 흉성을 드러내며 눈에 보이

는 모든 것을 파괴하였다. 실로 이 세상에서 개미 한 마리 남기지 않을 듯한 기세였다.

'그러나 그에게도 한계라는 것이 있었다. 크라갈은 아직 신이 아니었다. 그는 몇 달째 수천만을 상대로 싸우느라 한 번도 휴식을 취하지 못했다. 결국 그도 지쳤다. 그것이 세상의 모든 피조물들에게 극적인 반전의 계기가 되었다. 그때까지 반격의 기회를 기다리던 또 다른 로열블러드가 그의 앞을 막아섰다.'

지친 크라갈 앞에 다른 남자가 나타났다.

검은 머리칼에 수려한 외모, 주홍빛 눈동자를 지녀 얼핏 보면 시슬란으로 착각될 정도로 닮은 남자였다.

그와 크라갈이 격돌했다.

하늘이 뒤집히고 산맥이 뭉개졌다.

이것이 최후의 기회임을 직감한 인간들이 총반격을 개시했다.

싸움은 30주야 동안 이어졌다.

결국 크라갈이 쓰러졌다.

'크라갈을 쓰러뜨린 이는 또 다른 로열블러드, 샨이었다. 잠깐, 루나티카의 시조…… 샨 대제?'

크라갈을 쓰러뜨린 샨도 깊은 상처를 입었다. 상처를 추스르는 데에만 몇 년이 걸렸다.

그동안 병석에 누운 샨은 깊은 생각에 잠겼다.

그는 인간이라는 존재에 대해 회의를 품고 있었다.

욕망.

그것이 인간의 무기이자 치명적인 약점이었다.

그것을 배제한 인간 사회를 만들고 싶었다.

몇 년 뒤, 완전히 회복한 그는 자신을 따르는 무리를 선별했다. 아직 욕망이라는 감정을 깨우치지 못한 극히 일부의 인간들이었다.

샨은 그들을 이끌고 솔라리스를 떠나기로 결심했다.

솔라리스의 인간들은 대부분 욕망에 충실한 상태였기에 아직 순수한 이들이 이들과 섞여 살면 그 감정에 전염될 우려가 있어서였다.

마치 크라갈처럼.

샨은 자신의 모든 능력을 희생하여 솔라리스와 닮은 쌍둥이 세상을 모방하여 창조했다. 그리고 그곳의 이름을 루나티카라 하였다.

비록 그렇게 사람들을 이끌고 떠났지만 샨은 솔라리스에 남은 인간들을 위해서도 선물을 남겼다.

시슬란의 눈길이 향하는 목판의 가장 아래쪽에는 목판글씨를 새긴 장본인이 남긴 당부 몇 마디가 있었다.

'하여 나는 솔라리스를 떠나며 마나 크리스털을 모두 마나홀에 봉인하였다. 마나 크리스털은 로열블러드가 진정한 신의 씨앗으로 거듭나기 위한 힘의 원천. 내 이것을 봉인함은 다시는 크라갈과 같이 탐욕에 물든 로열블러드가 탄생하지 않기를 바라는 마음에서이다.'

영상 속의 샨이 웃었다.

새하얀 법복을 입은 그는 성스러운 고대의 사원에 자리 잡고 앉아 6개의 마나 크리스털을 허공으로 띄웠다.

검은 힘의 구체가 생겨나 마나 크리스털을 감쌌다.

마나홀의 탄생이었다.

샨이 손을 휘젓자 방금 생성된 6개의 마나홀이 사방으로 날아가 솔라리스 전역으로 흩어졌다.

그리고 샨은 목판을 들어 글씨를 새기기 시작했다.

바로 지금 시슬란이 읽고 있는 이 목판이었다.

'설령 누군가가 마나홀을 깨고 마나 크리스털을 손에 넣을 수도 있을 것이다. 하지만 그는 마나 크리스털의 능력을 온전히 사용하지는 못할 것이다. 하여 묻고자 한다. 이 목판을 보고 있는 누군지 모를 그대여, 진정 마나 크리스털의 소유주가 되고 싶은가? 그렇다면 이 문제를 풀라. 마나 크리스털은 오로지 사악에 물들지 않은 지혜로운 자에게만 힘을 빌려 줄 것이니.'

글씨를 다 새긴 샨은 사원의 가장 드높은 곳의 제단에 목판을 끼워 넣었다.

목판을 따라 푸른빛이 영롱하게 흐르며 사원 전체에 축복을 내렸다.

놀랍게도 사원은 땅이 아닌, 거대한 어느 생물의 등 위에 세워졌다. 어마어마한 덩치를 자랑하는 해룡이었다.

그 이후, 샨은 루나티카로 떠났다.

그리고 다시는 돌아오지 않았다.

시간이 빠르게 흐르며 영상 속 흐름도 빨라진다.

성스러운 사원은 처음 얼마간은 평화로웠다.

하지만 곧 변고가 일어났다.

고대의 세계를 지배하던 제국이 멸망했다.

사원을 수호하던 제국이 사라지자 그 여파가 사원에도 미쳤다.

새로운 무리가 사원의 보물에 눈독을 들였다. 대규모의 원정대가 해룡을 사냥하기 위해 출항했다.

그러나 해룡은 호락호락하지 않았다. 제국의 보호가 없어도 끝까지 저항했다.

그렇게 10년을 버텼다.

그게 한계였다.

결국, 해룡은 힘을 잃어 깊은 바다로 가라앉았다.

등 위에 있던 사원만이 간신히 해수면 위에 남았다.

그때부터 사원은 약탈의 대상으로 전락하고 말았다.

처음에는 사원에서 보관하던 보물들이, 그다음에는 성물이, 은접시와 식기가, 책이, 나중에는 가구와 집기마저도 약탈의 대상이 되었다.

결국 사원은 가꾸는 이 하나 없이 낡아서 무너졌다.

하지만 이미 사원을 수호하던 제국이 사라져 사람들은 사원이 무너진 사실에 아무도 관심을 기울이지 않았다.

세월이 흘렀다.

폐허가 된 사원은 해적들의 아지트로 쓰였다.

해적들은 아지트의 존재를 숨기려 그 위에 대량의 흙을 쌓았다.

시간이 지나며 사원은 완전히 묻혔고, 이곳은 섬처럼 변모했다.

그러나 수십 년 뒤엔 해적들도 토벌되었다. 그 와중에 사원으로 들어오는 통로가 붕괴되었다.

그때부터 사원의 존재는 외부와 완벽히 격리되었다.

다시 시간이 흘렀다.

토르 왕국이 건국되었다.

그들은 사원이 있던 섬을 처음엔 무역 중계점으로 삼았다. 그러다가 시간이 지나며 이곳의 용도가 점점 바뀌었다. 그들은 사원 아래로 이어지는 깊숙한 굴을 팠고, 그 안에 탈출 불가의 감옥을 건설했다.

어느새 이 섬의 주인은 헐벗은 죄수들이 되었다.

그렇게 되기까지 너무나 기나긴 세월이 지났다.

사원은 이제 이름마저도 잊혔고, 이곳이 한때 성스러운 장소였다는 사실을 아는 이마저도 아무도 남지 않게 되었다.

세월의 무상함에 짓눌려 성스러운 사원은 절망의 지하 감옥으로 바뀌었다.

목판은 그 기나긴 세월을 지켜보았고, 기억하고 있었다.

그리고 이제 시슬란에게 묻고 있었다.

목판의 가장 끄트머리, 그곳엔 '이 답을 말하는 자는 비로소 지니고 있던 마나 크리스털의 힘을 일깨워 무한의 그림자를 얻게 되리라.'는 말과 함께 다음과 같은 물음이 쓰여 있었다.

세상에서 가장 빠른 것.
동시에 세상에서 가장 느린 것은?

묘한 수수께끼였다.

생각하기에 따라서 답이 될 수 있는 것도 제법 많다.

하지만 시슬란은 방금 자신이 목판을 통해 본 영상을 되

짚어 생각했다. 아무래도 답은 그 안에 있을 것 같았다.

머나먼 과거, 크라갈과 샨 대제의 싸움.

전쟁이 끝난 후, 대제가 남긴 마나홀.

그리고 이곳 사원에 무상히 흐른 시간…….

'잠깐, 시간?'

그때였다.

왜애애앵…….

도대체 어디에서 들어온 것인지, 날파리 한 마리가 시슬란 주위를 얼쩡거렸다.

그걸 보는 순간 시슬란은 탄성을 흘렸다.

'……아!'

불현듯 깨달음이 머리를 쳤다.

날파리가 보는 시슬란.

시슬란이 보는 날파리.

시슬란이 보는 날파리의 생은 짧다. 고작 며칠 동안에 태어나고 죽어 버리니 그렇게 보일 수밖에 없다.

반면 날파리가 보기에 시슬란의 목숨은 엄청나게 길다. 적어도 무한에 가깝다. 고작 며칠을 사는 날파리의 입장에서 수십 년을 사는 그의 목숨은 장구한 세월이라 할 만하다.

'그렇다면 대상을 바꿔 보면 어떨까?'

시슬란은 날파리가 아닌 조금 더 큰, 하늘의 태양으로 비교 대상을 바꾸어 보았다.

태양이 보는 시슬란의 생은 찰나에 불과하다.

고작 수십 년 동안에 태어나고 죽어 버리니 그렇게 보일 수밖에 없다.

반면 시슬란이 보기에 태양의 목숨은 무한하다. 고작 수십 년을 사는 시슬란의 입장에서 영겁을 존재하는 태양의 시간은 장구하다고 할 만하다.

'정답은 그것이었다.'

시슬란은 빙긋 웃었다.

그가 읊조렸다.

세상에서 가장 빠른 것.

그리고 동시에 가장 느린 것.

그 해답을 찾아냈다.

답은 바로…….

'세월.'

그 순간, 목판으로부터 미증유의 파동이 쏟아져 나왔다.

전신을 훑는 감각.

동시에 그가 착용하고 있던 마나 크리스털 귀걸이와 팔찌, 반지가 일제히 파동에 공명하기 시작했다.

우우우웅!

공명의 힘이 시슬란을 감쌌다.

변화가 시작되었다.

"시, 시슬란?"

야니카가 놀라 눈을 부릅뜬 가운데 은색으로 탈색되었던 그의 머리칼이 다시 원상태로 돌아오기 시작했다. 그리고 잃어버렸던 그의 그림자도……

샤아아아아아!

가장 깊은 밤의 어둠보다도 더욱 짙은 어둠이 날카로운 창이 되어 그를 중심으로 천공을 향해 솟구쳤다.

사원의 천장도.

그 위의 막대한 지반도.

어떤 물질도 그 힘을 가로막지 못했다.

3

시슬란이 지하에 있는 동안 베르디스호도 바다 위에서 악전고투를 벌이고 있었다.

퍼퍼퍼펑!

300문의 포대에서 날아간 마나 포탄이 곳곳에서 한꺼번에 터졌다. 바다 위에 물기둥이 솟구치며 부서진 선박의 나무 파편이 곳곳에 튀었다.

물론 각각 열 척으로 이루어진 무적함대 1함대와 2함대
도 가만히 있지 않았다.

"발사!"

퍼퍼펑!

그들은 환초 지대를 둥글게 포위한 상태에서 포화를 퍼
부었다. 안에 갇힌 베르디스호의 입장에서는 지극히 위험
한 상황!

그러나 포탄의 비가 쏟아지는 상태에서도 베르디스는 아
슬아슬하게 치명타를 피했다.

"젠장! 빨리빨리 움직여라! 5인치 포! 뭐하나! 손 보이게
움직일래? 엉!"

선장도 목이 터져라 선원들을 독려했다.

그러나 상황은 점점 더 불리하게 돌아가고 있었다.

"젠장! 놈들이 진입합니다!"

무적함대는 대열을 나누어 일부는 환초 지대를 포위하
고, 나머지 5척 정도가 환초 지대 안쪽으로 진입해 오고 있
었다.

수적 우위를 확실히 살려 백병전으로 숨통을 끊으려는
의도가 확실했다.

"젠장! 젠장! 젠장! 어떡하지!"

아무리 화력이 강력하고 기동성이 좋은 베르디스호라고 해도 지금 있는 위치가 너무 좋지 않았다. 환초 지대라서 기동력에 제한을 받고 있었고, 백병전이 벌어지면 화력 또한 무용지물이 될 것이다.

『일단은 이 옛 같은 환초를 벗어나야 하는데…….』

"방법은?"

『떠오르지가 않아.』

"빌어먹을!"

베르디스와 선장이 모두 분통을 터뜨릴 때였다.

선장실 문이 끼이익, 열리며 다급한 지금 상황과는 전혀 어울리지 않는 목소리가 들려왔다.

"으하아암! 대체 뭐가 이리 시끄러워?"

"으듀!"

선장실에서 팔자 좋게 늘어져 자고 있던 제피와 바실이 었다.

"오랜만에 낮잠 좀 주무시겠다는데 버릇도 없이…… 으잉?"

제피가 눈을 휘둥그레 떴다.

난리가 난 갑판, 뛰어다니는 선원들, 사방에서 날아오는 포탄, 바로 근처에서 치솟는 물보라!

"아니, 이게 뭐야!"

능글능글한 놈이지만 그만큼 눈치도 빠른 제피였다.

사방을 포위하고서 펑펑 대포를 쏘아 대는 무적함대와 주변의 환초 지대를 보고는 지금 베르디스호가 처해 있는 상황을 재빨리 알아차렸다.

녀석이 베르디스와 선장을 보며 히죽 웃었다.

"어이, 이런 일이 있었으면 진작 나를 깨웠어야지."

『뭐?』

"됐고, 감사의 인사나 준비해 두셔! 솟아라, 오 분의 힘이여! 우오오오!"

제피가 외치며 난간 밖으로 몸을 던졌다.

그리고 변신이 시작되었다.

쿠쿠쿠쿠쿠쿠!

손바닥만 하던 노움에서 극적인 변신!

『쿠워어어어! 바로 이거지!』

얕은 환초 지대에 초거대 골렘이 우뚝 서서 포효했다.

막 환초 지대로 돌입하던 함대에서도 난리가 났다.

"우, 우와아아악! 저게 뭐야!"

"발포! 발포하라!"

펑! 퍼펑!

놀란 함대에서 대포를 쏘았지만 제피에게는 간지러울 뿐이었다.

『으헤헤헷.』

마침 깊은 바다가 아니라 얕은 환초 지대라서 가라앉지
않을 수 있었다. 이곳이야말로 제피가 활약할 최적의 장소!

녀석은 거대한 발을 쿵쾅거리며 환초 지대를 종횡무진
쏘다녔다. 그럴 때마다 거대한 파도가 해일처럼 밀어닥쳐
서 무적함대를 가랑잎처럼 출렁거리게 했다.

"으왁! 잡아! 빠지면 죽는다!"

"뱃머리를 돌려라! 퇴각한다!"

기겁한 5척의 전함이 서둘러 환초 지대 밖으로 빠져나갔
다.

그러나 제피는 거기서 만족하지 않았다.

『겨우 그 정도 도망친다고 내 손을 벗어날 줄 알고?』

성큼성큼 알카즈로 다가선 녀석이 용신상을 향해 손을
뻗었다.

그걸 보던 무적함대의 수병들이 제피가 벌이려는 일을
깨닫고는 머리를 감싸 쥐고 절규했다.

"안 돼! 하지 마!"

"그건 우리 왕국의 보물이라고!"

그러나 제피는 그들의 절규에도 콧방귀만 뀌었다.

뚝!

닭 모가지 비틀듯 용신상의 머리를 똑 떼어 버렸다.

그것도 모자라 용신상 머리를 무적함대를 향해 던졌다.

뿌와아아아앙!

단순히 머리라고는 하지만, 이미 그것만으로도 전함 한 척과 맞먹는 크기! 저기에 부딪힌다면 아예 가루가 돼서 침몰할 것이다.

"피해!"

그들은 서둘러 뱃머리를 돌려 알카즈에서 멀어지려 애썼다.

그러나 불행하게도 제피의 조준은 정확했다.

콰아아아앙!

전함 한 척이 용신상 머리에 스쳐 맞았다. 그것만으로도 전함의 옆구리가 쩍 벌어졌다. 바닷물이 쏟아져 들어오며 수병들이 허겁지겁 구명정에 몸을 실었다. 순식간에 한 척이 침몰한 것이다.

『크헤헤헤헤! 명중!』

재미가 들린 제피는 용신상의 날개며 다리를 모조리 똑똑 분질러 무적함대를 향해 던졌다. 그러나 한 번 쓴맛을 당한 무적함대는 거리를 벌려 환초 지대에서 멀어졌다. 포위망이 풀린 것이다.

그러자 기회가 찾아왔다.

"이놈들아, 빨리빨리 움직여!"

부상 투혼을 발휘하는 블랙비어드 선장의 지휘 아래 베르디스와 선원들이 합심하여 환초 지대를 벗어났다. 제피도 변신 시간이 끝나기 직전에 아슬아슬하게 베르디스호에 합류할 수 있었다.

"전속 항진!"

죽음의 환초 지대를 가까스로 벗어난 베르디스호는 잠시의 망설임도 없이 곧장 뱃머리를 돌렸다. 덕분에 무적함대로부터 상당히 거리를 벌릴 수 있었다.

그러나 그것도 잠시뿐이었다. 무적함대가 맹렬히 그들을 추격하기 시작했기 때문이다. 그들의 속도는 보통의 배와 비교도 되지 않을 만큼 빨랐다.

『저놈들, 뭐지?』

놀란 베르디스가 붉은 안개로 변했지만 그래도 거리를 벌릴 수가 없을 정도였다. 블랙비어드 선장이 무언가를 생각해 낸 듯 한마디를 내뱉었다.

"마력 추진!"

『뭐?』

"전에 들은 적이 있어. 무적함대가 무적함대인 이유가 끝내주는 전투력이나 함대의 규모 덕도 있지만, 근본적인 비결은 마력 추진 방식에 있다고……."

『마력 추진? 그게 뭐냐?』

"저놈들은 배마다 다섯 명씩의 마법사를 태우고 있어. 그 마법사들이 돛에 강력한 돌풍 마법을 일으킨다고 하더군."

『그렇다면…….』

항상 순풍을 받고 항해를 하게 된다. 그러면 당연히 배의 한계 속도를 항시 유지할 수 있게 된다.

때문에 베르디스조차도 그들을 따돌릴 수가 없었던 것이다.

그러는 사이, 무적함대는 베르디스호와 거리를 점점 좁혀 왔다. 정말로 상식을 뛰어넘는 속도였다.

그들은 곧 대열을 벌리더니 베르디스호를 반포위하였다.

수백 문의 시커먼 포신이 베르디스호를 조준했다.

다시 한 번 수기 신호가 날아왔다.

〈마지막으로 경고한다. 정선하라.〉

신호를 알아본 베르디스가 차갑게 내뱉었다.

『엿 먹어!』

이제는 환초 지대에 갇혀 있는 것도 아니다. 더 이상 그녀의 장점이 무력화될 일도 없었다.

아니, 아까 환초 지대 안에서 겪었던 상황은 베르디스에게 있어 굴욕에 가까운 일이었다.

『네놈들, 상대를 잘못 고른 거야.』

그녀는 무려 300문의 마나 대포를 지닌 해상의 요새이자 고대 바다 최초의 해적왕이었다.

『무적함대? 그런 햇병아리 같은 이름에 내가 겁먹을 줄 알았나? 흐흐……. 바다 위에서 누가 진짜 무적인지 한번 진짜를 가려 보지.』

콰아아앙!

베르디스는 태킹(Tack, 바람이 다른 쪽에서 불 때까지 뱃머리를 바람 쪽으로 돌리면서 배의 방향을 변화시키는 항해기술. 역풍 항해에 쓰임. 〈자료 출처: 낭만적인 무법자 해적, 360p, David Cordingly 지음, 김혜영 옮김.〉) 항해를 시도하며 마나 포탄으로 반격했다.

하지만 그것도 쉬운 일이 아니었다.

"거스트 윈드!"

무적함대의 마법사들 중의 일부가 이제는 베르디스호를 향해 돌풍 주문을 사용하기 시작했기 때문이다.

강력한 역풍이 베르디스호의 속도를 줄어들게 하였다. 게다가 베르디스가 포를 쏘아도 돌풍 때문에 탄착 지점이 묘하게 빗나갔다.

덕분에 무적함대는 자잘한 타격 외에는 직격탄을 거의

맞지 않고 서서히 거리를 좁혀 왔다.

그러나 그들은 베르디스를 너무 얕보았다.

그녀는 까마득한 고대의 해적왕.

해전의 경험으로만 따져도 무적함대의 모든 함장과 장교들의 것을 합친 것보다 많았다.

『선장, 뱃머리를 돌려.』

"엉? 어느 쪽으로?"

『180도, 6시 방향!』

"뭐? 저들을 향해 돌진하라고?"

반문하던 블랙비어드 선장은 곧 베르디스의 말뜻을 깨달았다.

역습!

"아하, 알았다! 가자!"

끼리리릭!

그의 손에서 타륜이 힘차게 돌아가는 순간.

촤아악!

베르디스호의 거대한 선체가 순식간에 180도 반전하여 뒤를 추격해 오던 무적함대를 향해 돌진을 시작했다.

마법사들이 덮어씌운 역풍이 순풍으로 바뀌는 순간이었다.

"어어엇?"

예상 못한 베르디스호의 기동에 돌풍 마법을 사용하던 마법사들도, 함교에서 상황을 지켜보던 함장들도 깜짝 놀랐다.

그러나 튀어 오르듯 파도를 부수고 달려드는 베르디스호의 속도는 그들의 상식을 뛰어넘은 곳에 있었다.

'너, 너무 빨라!'

2함대의 7번 함이 첫 희생양이 되었다.

미처 대열을 벌리지 못하고 허둥거리는 사이, 정면으로 달려든 베르디스호가 7번 함의 옆구리를 충각으로 박아 버린 것이다.

콰아아앙—!

검을 든 타락 천사 선수상 아래 비죽 솟은 뱃머리 쇠붙이가 7번 함의 옆구리를 깊숙하게 찔렀다.

그 순간이었다.

『크하하하! 이거나 처먹어!』

퍼퍼퍼퍼펑!

충각과 나란히 붙은 마나 포 10문이 불을 뿜었다. 마나 포탄은 충각에 뚫린 전함의 선체 안으로 들어가 내부에서 대폭발을 일으켰다.

막대한 양의 나무 파편이 수십 미터 높이까지 치솟았다.

그 충격을 버티지 못하고 7번 함은 허리가 잘려 두 동강이 나버렸다.

7번 함보다 세 배나 큰 베르디스호는 맹수가 사냥감을 짓밟듯 쪼개진 7번 함을 거꾸로 꿰뚫어 으깨 버리고는 그대로 정면으로 돌진했다.

단 한 번의 기동에 2개 함대의 포위를 돌파해 버린 것이다.

"저, 저런……! 대열을 메워라!"

당황한 무적함대가 바삐 대열을 복구하려 시도했다.

하지만 완파된 7번 함의 잔해가 둥둥 떠다니고 있어 뜻밖의 걸림돌이 되었다.

결국, 2함대의 중간 대열이 완전히 흐트러졌다.

그것은 1함대의 기동에도 영향을 미쳤다. 2개 함대의 유기적인 결합이 깨진 최초의 순간이었다.

베르디스는 그 기회를 놓치지 않았다.

콰콰쾅—!

2개 함대의 후미로 기민하게 파고든 베르디스호가 완벽한 근접 사격으로 2함대의 전함 두 척을 추가로 격침했다.

2함대의 대열이 더욱 혼란스러워졌다. 그들도 포문을 열어 응사하긴 했지만 포격의 응집력이 예전보다 극단적으로 떨어졌다.

『봤어? 저런 놈들한텐 개싸움이 답이야. 이런 난전에서

는 지질하게 바람이나 일으키는 마법사 따윈 무용지물이거
든.』

베르디스의 말이 맞았다.

한번 함대의 대열이 꼬이자 무적함대가 자랑하는 돌풍
마법을 이용한 항해도 불가능하게 되었다. 좁은 해역에 여
러 척의 함선이 선수를 중구난방으로 향하고 있고, 저마다
자신의 함선에 맞게 순풍을 만들려 하고 있으니 당연한 결
과였다.

바람이 이리저리 꼬여 순풍도 역풍도 아닌 회오리가 사
방에서 몰아치게 되었다.

그 탓에 무적함대의 기동성이 뚝 떨어졌다.

반면 베르디스는 바람의 영향을 상대적으로 덜 받는다.
이제 그녀에게 있어 무적함대는 그저 영양가 만점의 먹잇
감에 지나지 않았다.

"발사—!"

블랙비어드 선장의 지휘에 맞추어 마나 포가 연이어 불
을 뿜었다.

잠깐 사이 2함대의 절반이 격침되었다. 2함대는 전투 의
지를 거의 상실해 가고 있었다.

반면 아직 1함대는 비교적 멀쩡했지만 그들도 결국 무용
지물이었다. 베르디스호와 1함대 사이에 2함대가 샌드위치

처럼 끼어 버린 상황이었기 때문이다.

그들이 베르디스호를 치려면 2함대의 피해를 감수하고 그대로 포격을 가하거나 2함대가 있는 구역을 빙 돌아서 접근하는 수밖에 없었다. 하지만 그러는 사이 베르디스호는 유유히 해역을 빠져나가 버릴 것이다.

그걸 알기에 1함대의 지휘관, 역전의 제독 캄프는 극도의 초조함을 느끼고 있었다.

그는 애써 낭패한 표정을 감추며 눈앞의 여인을 향해 공손히 말했다.

"선왕비 마마, 이곳에 너무 오래 계시면 바람에 몸이 상하십니다."

제독은 선미루 위에 자신과 나란히 서서 전황을 바라보는 선왕비를 향해 걱정스러운 시선을 보냈다.

"후후……."

거미여왕 칼라.

토르 왕국의 선왕비이자 부활의 사도의 십이 사제.

하지만 지금 그녀는 완벽한 선왕비의 역할을 연기하고 있을 뿐이다.

"내가 걱정된다 하였나요?"

"그렇습니다, 마마."

"하지만 말이죠, 나는 저 역도들이 토벌되는 것을 직접 두 눈으로 보아야 분이 풀릴 것 같군요. 저 일당은 감히 사술을 사용하여 수도의 시민 전체를 볼모로 잡았으며, 별궁을 파괴하는 것도 모자라 나를 납치하기까지 하였어요. 그런 자들이 멀쩡히 도망치는 광경을 내가 직접 보아야 할까요? 그대가 나를 걱정한다면 그런 일이 벌어지지 않도록 온 힘을 기울여야 할 텐데요."

"……그, 그건 염려치 마십시오. 곧 저들은 포위되어 배는 격침될 것이고, 역도의 무리는 사로잡혀 비참한 형벌을 받게 될 것입니다."

"그게 얼마 남지 않았다고요?"

"예, 그렇습니다."

"얼마나?"

제독이 테이블 위에 해도를 펼쳐 한 지점을 짚었다. 지금 베르디스호가 향하고 있는 방향이었다.

"저들이 아무리 좋은 배를 가지고 있다 하여도 결국은 다른 항로를 타던 뱃사람들이옵니다. 하지만 우리 무적함대에게 있어 이곳 북부 항로는 그야말로 집 안의 마당과도 같은 곳이 아니겠습니까? 지금 저들은 자신들이 먼바다로 도망치고 있다고 확신하고 있을 것입니다. 그 앞에 무엇이 도사리고 있는지도 모르는 채로 말입니다."

"무슨 수가 있는 것이로군요?"

"그렇습니다, 마마."

"호호. 과연, 믿고 있었어요."

칼라가 제독을 향해 살포시 웃어 보였다.

노제독의 주름진 볼이 삽시간에 붉게 물들었다. 그는 황송함을 참기 위해 얼른 고개를 숙였다.

그렇기에 미처 보지 못하였다.

자신을 내려다보는 칼라의 차가운 눈동자를.

'무능한 놈 같으니. 차라리 내가 지휘했더라면 일찌감치 놈들을 포위하여 제압했을 것이거늘.'

그사이 전투는 소강상태에 접어들었다.

충분히 타격을 입혔다고 판단한 베르디스호는 뱃머리를 돌려 먼바다를 향해 속도를 높였다.

만신창이가 된 2함대의 수병들은 허망한 패배감만 곱씹으며 베르디스의 뒤꽁무니를 쳐다볼 수밖에 없었다. 그럴 만도 했다. 2함대는 이전의 위용은 온데간데없이 달랑 네 척만 남아 있는 상태였으니까.

1함대가 그런 2함대를 우회하여 베르디스호를 추격했다.

그렇게 앞서거니 뒤서거니 파도를 가르길 잠시, 제독 캄프의 입가에 회심의 미소가 걸렸다.

"드디어 놈들이 함정으로 들어갔습니다."

그가 의미심장하게 웃으며 망원경을 꺼내 베르디스호를 관찰했다.

망원경 속의 베르디스호가 파도를 가르고 있었다.

"그래, 옳지…… 하나…… 둘……."

출렁!

쾌속으로 전진하던 베르디스호에 갑자기 제동이 걸렸다.

콰지지직!

무언가 보이지 않는 거대한 힘이 배를 옴짝달싹 못하게 묶어 버렸다.

"아악!"

"으어엇?"

그때까지 쾌속으로 질주하던 터라 예고 없이 걸린 제동의 여파는 컸다. 선원들은 모조리 갑판 위를 나뒹굴었고, 몇몇 돛대 위에 올라가 있던 이들은 관성을 이기지 못하고 날아가 바다에 빠져 버렸다.

베르디스는 당황하여 속도를 내려고 애썼다.

하지만 그녀는 더 이상 파도를 가르고 앞으로 나아갈 수 없었다. 마치 무언가 보이지 않는 힘이 배 전체를 붙잡고 놓아주지 않는 것처럼.

바다에 빠진 선원들 중의 하나가 찢어지는 듯한 비명으로 그 원인을 알려 주었다.

"크, 크라켄이다아아악—!"

촤악!

외침이 끝나기가 무섭게 거대한 연체동물의 다리 하나가 쑥 솟아 나와 선원을 둘둘 말아 버렸다. 선원은 비명과 함께 바다로 딸려 들어갔다.

"뭐? 크라켄?"

놀란 블랙비어드 선장이 얼른 뱃전에 올라갔다.

아래를 확인한 그의 얼굴이 일그러졌다.

"빌어먹을!"

무려 수십 마리의 작은 크라켄들이 수면 아래에서 꾸물거리고 있었다.

그중에서 베르디스호를 붙잡은 놈은 특히나 덩치가 제일 큰 놈이었다.

작은 크라켄 수십 마리와 큰 놈 하나.

그게 모두 한 구역에 모여 있다면?

답을 깨달은 블랙비어드 선장의 안색이 창백해졌다.

"여, 여긴……!"

〈다음 권에 계속〉

魔人正傳

마인정전

김현영 신무협 장편소설

강호의 은원은 그 끝이 없는 법!
마인이라 명명될 능운백의 무림 원정이 펼쳐진다!

김현영 신무협 장편소설
『마인정전』

"사람은 소중한 것을 지키기 위해선 싸울 줄 알아야 한다.
네가 소중하다고 여기는 것이라면 뭘 어떻게 해서든
수단과 방법을 가리지 않고 맞서야 하는 거야."

dream
books
드림북스

進士武林

진사무림

돈도 없고 줄도 없는
말단 관리 이한열.
그의 필사적인 노력이
무림에 파문을 일으킨다.

dream
books
드림북스

DREAMBOOKS ★

DREAMBOOKS★

DREAMBOOKS ★

DREAMBOOKS★